書下ろし

熟《う》れ小町の手ほどき

睦月影郎

祥伝社文庫

目次

第一章　兄嫁の手ほどきで開眼《かいがん》

一

「お前が弥助《やすけ》か。私はこの家の居候《いそうろう》のようなものでな。驚いただろう。二千石の小普請奉行《こぶしんぶぎよう》の屋敷に、こんな男が住んでいるなど」

藤丸《ふじまる》は、離れに挨拶《あいさつ》に来た弥助に言った。確かに、旗本《はたもと》屋敷にいるには、武士とも町人ともつかぬ髷《まげ》と着流しで、目方は二十四貫（約九十キロ）はあろう大《だい》兵《ひよう》肥満である。

「はあ、でも永江《ながえ》家のお血筋の方なのですね」

「ああ、私は先代が芸妓《げいぎ》に産ませた子で、当主である主膳《しゆぜん》の腹違いの弟だが、跡継ぎにはならぬことを条件として、ここに住まわせてもらっている。もっとも一人娘の志乃《しの》が婿《むこ》を取ったので、そろそろ出ないとならないがな」

藤丸は、絵筆を置いて自嘲《じちよう》気味に言った。

そう、彼は先代の隠居所であったこの離れで、絵を描き細工物を作って商家に卸《おろ》すのを生業《なりわい》としていた。

歳は三十、武家の柵《しがらみ》を抜け、未《いま》だ独り身で気ままに暮らしているのだった。

十八歳の弥助は、当家へ婿入りした伊三郎《いさぶろう》の従者である。

「左様《さよう》ですか。よろしくお願い致します」

「ああ、こちらこそな。婿殿も間もなく小普請奉行職を継げば、暫《しば》し城詰めだ。お前も暇《ひま》になろうから、私の用を頼むことがあるかもしれん」

「はい、何なりとお申し付け下さいませ。では私はこれにて」

弥助が辞儀《じぎ》をして言い、離れを出ていった。

それを見送り、再び藤丸は絵筆を執った。

(いよいよ屋敷を出ねばならぬか……)

藤丸は、この居心地の良い離れを見回し、描きかけの山水画《さんすいが》を片付け、本来の仕事である春画《しゅんが》に着手した。

細工物も、鳥や猫の置物を彫るのは表向きで、実際は男根を模《も》した張り型を多く作っては、いかがわしい店で売ってもらっている。

それなのに、藤丸は三十にして未だに無垢《むく》なのだった。

だから春画も、他の絵師が描いたものを模写し、僅《わず》かに顔形で自分独自の絵に仕上げていた。

（こんなに大きな男根があるものか……）

藤丸は、手本の春画を見ながら思った。実際、張り型の注文も、彼自身の勃起時の大きさで作り、なかなかに好評を得ているのだから、他の男の一物もそれほどの差は無いだろう。

（では、陰戸《ほと》もこのような形ではなく、もっと小振りなのだろうな……）

藤丸は思い、女体や陰戸のあれこれを想像するうち、激しく勃起してきてしまった。

まあ、描きながら興奮するのはいつものことである。

とにかく二十歳《はたち》前から淫気だけは強く、夜毎《ごと》に手すさびをしているが、まだ女体に触れたことはなかった。やはり女遊びなどは、当家の格式を慮《おもんぱか》って控えてきたのだ。

永江家先代の嘉右衛門《かえもん》が芸妓だった母に手を出し、藤丸が生まれると町家に囲って面倒を見てくれていたが、その母が病死すると、十歳だった藤丸は当家に引き取られたのである。

異母兄である主膳は快《こころよ》く迎えて学問を教えてくれたものの、妻の美津《みつ》を娶《めと》ったばかりで、それなりの距離を置き、藤丸もまた異母弟というよりは居候の身に甘んじて暮らしてきた。

十年ほど前からは、得意な絵や細工物で実入りがあったので、食事や風呂は外で済ませ、なるべく母屋《おもや》とは関わらないよう遠慮していた。

やがて先代夫婦も死ぬと、藤丸は最も身近な女である兄嫁、美しい美津ばかり思って手すさびをしていた。

主膳と美津の間には、志乃という一人娘が出来、それも美しく成長したが、他家から嫁に来た美津と違い、血が繫がった姪《めい》の志乃には淫気が湧《わ》くことはなく、妹のように思っていた。

その志乃が二十歳になり、このたび婿を取ることになった。百石取りで格下の旗本だが、吉村《よしむら》伊三郎は性格の良い男で、志乃は元より、主膳や美津も気に入ったようだ。

そして次の吉日には、伊三郎が主膳の後を継ぎ、小普請奉行になる。

そうなると藤丸は、この隠居所の離れを明け渡さないとならないだろう。もっとも生業も軌道に乗っているから、特に困ることはない。

ただ、美しく熟《う》れた四十歳の兄嫁に未練があるだけだった。

紅葉も色づく文化《ぶんか》元年（一八〇四）秋、藤丸は三十歳にして、大きな変転を求められていた。

主膳も美津も、彼が絵や細工物を生業にしていることは承知しているが、もちろん春画や張り型などに関わっていることは誰にも言っていない。

だから藤丸は、誰かがこの離れへ近づいてきたら、すぐにも作業を中断し、真《ま》っ当《とう》な絵や細工物の制作に切り替えるよう細心の注意を払っていた。

もとより藤丸は自分を武士とは思っていないが、二千石の旗本の名に傷《きず》を付けてはいけないし、住まわせてもらっている恩義を感じているのである。

とにかく彼は、まだ見たこともない陰戸を、他の春画を見て真似をして描き、そろそろ手すさびをして落ち着こうと思った。

昼前に出来上がったものを店へ持ってゆき、湯屋に寄って昼飯を済ませて帰宅したところである。

主膳と伊三郎は登城しており、家来衆や奉公人がこの離れへ来ることはない。

小者の弥助は目端《めはし》が利《き》きそうだが、彼の主人は伊三郎であり、挨拶に来ただけで、この離れに関心はないだろう。

藤丸は筆と絵の具を片付け、着流しの裾《すそ》をめくって勃起した一物を出した。

離れは六畳一間に厠《かわや》と納戸《なんど》があり、万年床と絵や細工物の道具などが所狭《ところせま》しと置かれていた。

そして手本にしている気に入りの春画を並べ、艶《なま》めかしい陰戸を見ながら一物をしごきはじめた。もちろん描かれている女の顔は、美しい兄嫁、美津の面影《おもかげ》を重ねていた。

母屋へは滅多《めった》に出入りしていないので、美津の腰巻や足袋《たび》などを嗅ぐような機会に恵まれたことはないし、風呂や厠を覗《のぞ》きたくても、万一見つかったらと思うと、なかなか勇気が出ず、そんな状況を妄想するのが精一杯であった。

(あ、姉上様……)

藤丸は禁断の思いの中で右手の動きを速め、美津の面影に語りかけた。

腹違いの兄、主膳は、洒脱《しゃだつ》だった父の嘉右衛門に似ず厳格で堅物《かたぶつ》、むしろ藤丸は血の繫がらぬ美津にこそ実の姉のような甘酸っぱい気持ちを抱き、甘えるような感情の中で果てるのが常だった。

しかし、その時であった。

「藤丸さん、入りますよ」

その、当の美津の声がし、いきなり襖《ふすま》が開けられたのである。

「うわ……」

藤丸は、慌てて股間を隠した。

普段なら細心の注意を払っているのだが、今はあまりの淫気と興奮に夢中で、足音を聞き逃していたのだ。

「まあ……」

入ってきた美津が、驚いて立ちすくんだ。

辛《かろ》うじて股間は隠したが、室内に籠《こ》もる熱気と、散乱している春画は片付ける間もなかったのだ。彼が何をしていたかぐらい、四十女ならば容易に想像がつくことだろう。

美津は春画と藤丸の顔を交互に見ていたが、やがて座り、熱心に春画の数々を眺めはじめたではないか。

藤丸は羞恥《しゅうち》と緊張の中、三十にして悪戯《いたずら》でも見つかった子供のように、万年床に正座して小さく身を縮めていた。

「これは、藤丸さんが描いたのですね……」

美津が、描きかけの春画と絵筆を見て言った。

「そ、そうです。真っ当な絵は実入りにならないので、こうしたものを生業としていますが、決して家に迷惑はかけません。店にも、私がどこの誰とは言っておりませんので」

「なかなか良く描けていますが、実際より大きめなのですね。このように太いものは入りませんので」

「は、はあ……」

美津が、春画を話題にしはじめたので、藤丸は戸惑いに包まれた。

「藤丸さんは、女をご存じなのですか」

「い、いえ、まだです……」

「左様ですか。では、実際とは違っていても、他の春画に習ってこのように描いているのですね。まあ、これは……」

さらに美津は、隠してあった張り型まで目ざとく見つけてしまった。

「これも、藤丸さんが彫ったのですね。では、これは藤丸さんの一物？」

美津が言いながら張り型を手にしていじり回したので、何やら彼は、自分の肉棒を弄《もてあそ》ばれている気になり、一瞬萎《な》えかけた一物がまたムクムクと勃起してきてしまった。

「はい、申し訳ありません……」

「何を謝るのです。実入りになる生業なら、どのようなことでも立派だと思います。それにしても驚きました。女が使うため、世にはこのようなものを買う人もいるのですね」

美津は、張り型を挿入して自慰《じい》をしている女の絵も見つけて言い、藤丸は夢の中にいるように身も心もぼうっとなってしまったのだった。

二

「でも、間違いは感心しません。大げさに描かれた一物も、大きく広がった陰戸も、実際とは違います」

「え、ええ、承知しておりますが……」

「実際のものを、見てみますか」

「え……」

美津に言われ、藤丸は一瞬何のことか分からなかった。藤丸が当家へ来て二十年、このような会話を交《か》わすのも、これほどときめく瞬間も初めてのことであった。

そしてようやく彼女の言った言葉を理解すると、藤丸は恐る恐る答えていた。

「そ、それは、姉上様の陰戸を見せていただけるということでしょうか……」

「そうです。私のもので良ければ。でも二人だけの秘密ですよ」

「も、もちろん……」

良いどころではない。この世で一番見たいのが、美津の身体《からだ》なのである。

「本当は、志乃が婿を取った後の相談に来たのですが、その話は後回しに致しましょう」

美津は言うなり立ち上がり、白い頬《ほお》をやや強《こわ》ばらせ、しかしためらいなく裾をめくり上げはじめたではないか。

「どのようにすれば。あ、この絵のように致しましょうか」

彼女は大股開きになっている春画を見て言い、ムッチリとした脚を付け根まで露《あら》わにすると、そのまま布団《ふとん》に仰向《あおむ》けになってくれたのだ。

(何と……！)

彼は美津の大胆な格好に目を見張った。

そして藤丸も、激しく胸を高鳴らせて屈《かが》み込み、兄嫁の股間に顔を寄せていったのだった。

白く張り詰めた内腿《もも》の間に鼻先を進めると、股間から発する熱気と湿り気が顔中を悩ましく包み込んできた。

「描かなくてよろしいのですか」

「は、はい、目に焼き付けますので……」

彼は内腿の間から答え、障子越しに射《さ》す秋の日に照らされた股間に目を凝《こ》らした。

ふっくらとした丘には、黒々と艶《つや》のある恥毛がふんわりと柔らかそうに茂り、肉づきが良く丸みを帯びた割れ目からは、ヌメヌメと蜜《みつ》に潤《うるお》う陰唇がはみ出していた。

「ふ、触れて構いませんか。中も見たいので」

「ええ……」

言うと、大股開きになっている美津も小さく答えた。

藤丸は震える指先を当て、そっと陰唇を左右に広げてみた。

「あう……」

触れられた美津が呻《うめ》き、ビクリと内腿を震わせた。

溢《あふ》れる淫水に指が滑りそうになりながら開くと、中は綺麗《きれい》な桃色の柔肉《やわにく》で、まるで水飴《あめ》でも垂らしたように大量の蜜汁にまみれていた。

かつて志乃が生まれ出てきた膣口は細かな襞《ひだ》を入り組ませて息づき、ポツンとした小さな尿口の穴も見え、そして包皮の下からは小指の先ほどもあるオサネがツヤツヤと光沢を放ってツンと突き立っていた。

（これが生身の陰戸か……）

やはり春画と違い、実物はその何倍も艶めかしく美しいものだと思った。

そして肌の温もりを顔中に感じながら、彼は女体の神秘の部分を瞼《まぶた》に焼き付けたのだった。

「アア、恥ずかしい……」

自分からしたことながら、いざ義弟の顔が股間に迫り、熱い視線と息を感じるうち美津も息を弾《はず》ませて喘《あえ》いだ。

しっかり観察すると、もう藤丸は我慢できなくなり、吸い寄せられるように兄嫁の股間に顔を埋め込んでしまった。

「く……！」

美津が呻き、内腿でムッチリと彼の両頬を挟み付けてきた。

拒《こば》まれていないことが嬉《うれ》しく、これだけ濡《ぬ》れているのだから美津も淫気を催《もよお》しているのだろうと彼は確信した。

そして、こんなに簡単に見せてくれるのなら、もっと早く機会が持てなかったものだろうかと思った。

柔らかな恥毛に鼻を擦りつけて嗅《か》ぐと、隅々《すみずみ》に籠もった生ぬるく甘ったるい汗の匂いが馥郁《ふくいく》と籠もり、さらにゆばりの匂いも混じって悩ましく鼻腔《びこう》を刺激してきた。

(ああ、これが姉上様の匂い……)

藤丸は濃厚な匂いに酔いしれながら、とうとう割れ目内部に舌を這《は》わせはじめてしまった。

「あう、何をなさいます……、武士が犬のような真似《まね》を……」

美津は朦朧《もうろう》とした声で言いながらも、まるで彼の顔を離さぬかのように内腿に力を込めた。

(武士の血は半分だけなので……)

藤丸は心の中で答えながら、生ぬるく淡い酸味のヌメリをすすり、膣口の襞を
クチュクチュと掻《か》き回した。そして味わいながら、ゆっくりとオサネまで舐《な》め上

げていくと、

「アアッ……！」

美津がビクッと顔を仰《の》け反《ぞ》らせて喘ぎ、白い下腹をヒクヒクと波打たせた。

やはり春本に書かれているように、オサネが最も感じるようだ。

チロチロと舌先で弾《はじ》くように舐めるたび、新たな淫水が泉のように溢れて舌の動きを滑らかにさせた。

さらに彼は美津の両脚を持ち上げ、白く豊満な尻の谷間にも迫った。

そこには薄桃色の蕾《つぼみ》が綺麗な襞を揃《そろ》え、可憐《かれん》にキュッと閉じられていた。

（これが、姉上様の尻の穴……）

藤丸は感激と興奮に包まれて目を凝らし、鼻を埋め込むと顔中に弾力ある双丘が密着してきた。

嗅ぐと蕾にも淡い汗の匂いが沁《し》み付き、それに生々しい微香も混じり、陰戸とはまた違う趣《おもむき》で鼻腔が刺激された。

彼は充分に嗅ぎ、豊かな尻の感触を顔中で味わってから舌を這わせ、細かに震える襞を濡らし、ヌルッと潜《もぐ》り込ませた。

「あう、何を……」

美津が違和感に呻き、キュッと肛門で彼の舌先を締め付けてきた。

藤丸も中で舌を蠢《うごめ》かせ、滑《なめ》らかな粘膜《ねんまく》を味わった。

すると鼻先にある陰戸からは、新たな淫水がトロトロと溢れてきた。

やはり武家女でも、前と後ろを舐められれば感じて濡れるのだ。

まして堅物の主膳は、志乃が成長し、もう男子は生まれないと見限ってからはろくに美津と交接していないだろうし、まして二千石の旗本が妻女の股を舐めるとは思えない。

だから美津は、淑《おしと》やかな外見に似合わず、ずいぶんと淫気を溜め込んでいたに違いないと思った。

ようやく彼は脚を下ろし、再び美津の陰戸に舌を這わせ、ヌメリをすすってオサネに吸い付いた。

「く……、ど、どうか、もう堪忍《かんにん》……」

美津がクネクネと身悶《みもだ》えて言い、懸命に彼の顔を股間から追い出した。

そして藤丸が顔を引き離すと、彼女は股を閉じてゴロリと横向きになってしまった。

藤丸は、剥《む》き出しになったままの脚を舐め降り、スベスベの感触を味わい、とうとう足袋を脱がせ、足裏に顔を押し付けた。美津は、放心したように荒い呼吸を繰り返し、触れられてもじっとしたままでいてくれた。

彼は踵《かかと》から土踏まずを舐め、縮こまった指の間に鼻を割り込ませると、そこは汗と脂に湿り、蒸れた匂いが濃厚に沁み付いていた。

藤丸は兄嫁の足の匂いにも陶然《とうぜん》となり、充分に嗅いでから爪先《つまさき》にしゃぶり付き順々に指の股に舌を挿し入れていった。

「あう……、駄目……」

朦朧《もうろう》としていた美津が呻き、指で彼の舌をキュッと挟み付けてきた。

藤丸は両足とも味と匂いが薄れるまで貪《むさぼ》り尽くすと、ようやく移動して彼女に添い寝していった。

「い、いけない子ですね……、あんなところまで舐めるなんて……」

美津も徐々に我に返ったように言い、何と、そろそろと彼の裾を開き、勃起した一物に触れてきたのである。

さっき手すさびしたままだったので、下帯が緩《ゆる》んで一物が露出し、彼女はやんわりと握ってくれた。

「ああ……」

受け身に転じた藤丸は快感に喘ぎ、生まれて初めて女に触れられた悦《よろこ》びに身悶えた。

すると美津が呼吸を整えながらゆっくりと身を起こし、完全に彼の下帯を取り去ると、自分も手早く帯を解き、ためらいなく着物と襦袢《じゅばん》まで脱ぎ去っていったのだった。

（い、いいんだろうか、最後までしても……）

藤丸は興奮と混乱の中で思い、自分も帯を解いて着物を脱ぎ去り、やがて二人とも一糸《いっし》まとわぬ姿になってしまった。

三

「すごく勃《た》ってる……。大きくて硬いわ……」

全裸になった美津があらためて藤丸の一物に触れ、張り詰めた亀頭から幹《みき》、ふぐりまでいじり回してくれた。

「い、いきそう……」

たちまち藤丸は、美女の熱い視線と指の動きに高まって口走った。

「我慢なさい。ちゃんと入れてほしいので」

美津は言って屈《かが》み込み、唾液で濡らすように先端に舌を這わせてくれた。

粘液の滲《にじ》む尿口が舐められ、亀頭が咥《くわ》えられ、熱い息が股間に籠もった。

幹を口で丸く締め付けて吸い、口の中ではクチュクチュと舌が蠢き、一物全体は兄嫁の生温かな唾液《だえき》にまみれた。

「も、もう……」

藤丸は懸命に肛門を引き締めて暴発を堪《こら》えたが、いよいよ限界が迫ってきた。

すると美津も、唾液に濡らしただけでスポンと口を離し、添い寝してきた。

「さあ、お入れなさい」

仰向けの美津に言われ、藤丸も気が急《せ》く思いで身を起こした。

そして開かれた股の間に身を進め、兄嫁の唾液に濡れた幹に指を添えて先端を陰戸に押し付けた。

「もう少し下……、そう、そこです……」

美津も、義弟との交わりに息を震わせ、僅かに腰を浮かせて誘導してくれた。

藤丸は息を詰め、グイッと押し込むと、張り詰めた亀頭が膣口に潜り込み、あとは滑らかにヌルヌルッと根元まで吸い込まれていった。

「ああッ……！」

美津が喘いだが、彼は肉襞の摩擦だけで果ててしまっていた。

「く……！」

脚を伸ばして身を重ね、快感に貫《つらぬ》かれながら、腰を遣う間もなく内部にドクンドクンと熱い精汁をほとばしらせ、すぐにグッタリとなってしまった。

「まあ、もう……？」

快感を中断され、美津が不満げに言った。

しかしキュッキュッと締め付けられながら、藤丸はあっと思う間もなく最後の一滴まで出し尽くしていた。

「す、済みません……」

「もう一度、中で大きくなさい」

身を重ねた彼を抱き留めながら、なおも美津が収縮を繰り返して言った。

どうやら、今まで何を見て来たかと思うほど、美津は実際は快楽に貪欲《どんよく》な性《さが》を持っていたようだった。

「どうか、強く叱《しか》って下さい……」

藤丸は彼女の欲望が嬉しくて言った。手すさびでさえ続けて二度三度と出来るのだし、まして今は憧れの兄嫁と繋がったままなのだから、すぐに二回目が出来るだろうが、きつく言われるのも憧れだったのだ。

「そう、ちゃんと大きくして、次は私が良いと言うまで堪えるのですよ」

「は、はい……」

言われて、彼は身を重ねながら回復に努めた。ややもすれば内部に満ちる精汁と淫水、それに締まりの良さでヌルッと抜けそうになるが、懸命に股間を密着させて淫気に専念した。

屈み込むと、豊かに息づく乳房があり、彼は乳首にチュッと吸い付いて舌で転がし、もう片方にも指を這わせた。

「ああ、いい気持ち……」

美津も、内部でムクムクと回復してくる幹を感じながら喘《あえ》ぎ、下から両手を回してきた。

彼は左右の乳首を順々に含んで舐め回し、顔中で柔らかな膨《ふく》らみを味わった。

さらに美津の腕を差し上げ、腋《わき》の下にも鼻を埋め込み、楚々《そそ》とした腋毛の感触と、濃厚に甘ったるい汗の匂いに噎《む》せ返った。

熟れた体臭が胸に満ちると、その刺激が一物に伝わり、すぐにも美津の内部で元の硬さと大きさを取り戻していった。

「アア……、すごいわ、もう硬く……」

美津も収縮を強めながら喘ぎ、待ちきれないようにズンズンと股間を突き上げはじめた。

藤丸も合わせ、ぎこちなく腰を前後させた。

すぐにも互いの動きが一致し、溢れる淫水がクチュクチュと淫《みだ》らな摩擦音を響かせた。

たったいま出したばかりなので、しばらくは暴発の心配もないだろう。

そして彼も、いったん動いて股間をぶつけ合うと、そのあまりの快感に腰が止まらなくなってしまった。

白い首筋を舐めると淡い汗の味がし、さらに藤丸は、兄嫁の喘ぐ口に迫った。

お歯黒の歯並びが艶やかで、その間から洩《も》れる息は熱く湿り気があり、嗅ぐと白粉《おしろい》のように甘い刺激を含んで鼻腔を満たしてきた。

喘ぐ口に鼻を押し付け、甘い吐息を胸いっぱいに嗅ぐと、さっきの射精などなかったかのように、藤丸はすぐにも高まってしまった。

すると彼女が自分から唇《くちびる》を重ね、舌を挿《さ》し入れてきたのである。

藤丸もネットリと舌をからめ、生温かな唾液に濡れてチロチロと蠢く兄嫁の舌を味わった。

「ンンッ……」

美津も熱く呻きながら激しくしがみつき、勢いを付けて腰を跳《は》ね上げた。

膣内の収縮が活発になり、淫水は粗相《そそう》したかと思うほど大量に溢れて互いの股間がビショビショになり、揺れてぶつかるふぐりも生温かく濡れた。

手すさびとは快感の度合いが段違いだった。

こうして女体と一つになり、快楽を分かち合うことこそ最高の悦びなのだと彼は実感した。

そして彼以上に、美津もまた大きな悦びに包まれていることが、粘膜を通して伝わってくるようだった。

「ああ……、き、気持ちいい……」

と、美津が口を離して顔を仰《の》け反《ぞ》らせ、淫らに唾液の糸を引きながら声を上ずらせた。

さすがに藤丸も二度目とはいえ、いよいよ危うくなってきてしまった。

「い、いきそうです……」

「構いません。もう我慢せずおゆきなさい……」

口走ると、美津も息を震わせて答えた。

お許しが出たので藤丸は勢いを付けて腰を突き動かし、心地よいヌメリと摩擦の中で、とうとう昇り詰めてしまった。

「く……！」

藤丸は絶頂の快感に呻きながら、熱い大量の精汁をドクンドクンと柔肉の奥に勢いよくほとばしらせた。あっという間の一度目と違い、今回は心ゆくまで女体の感触を味わうことが出来、今ようやく女を知ったのだという実感が湧いてきたのだった。

「あう、すごい……！」

奥に熱い噴出を受けた途端《とたん》、美津が呻いて反り返り、硬直しながらガクガクと狂おしい痙攣《けいれん》を開始した。

どうやら本格的に気を遣《や》ってしまったようだった。

藤丸は三十歳にして初めて女を知り、美津は四十にして、恐らく初めて大きな快楽を知ったのだろう。

藤丸は心ゆくまで快感を味わい、最後の一滴まで出し尽くし、すっかり満足し

ながら動きを弱めていった。そして豊満な熟れ肌に身を預けると、

「ああ……、こんな気持ち、初めて……」

美津も満足げに声を洩らし、全身の強ばりを解いてグッタリと身を投げ出していった。

まだ膣内はキュッキュッと名残惜《なごりお》しげな収縮が繰り返され、刺激されるたびに射精直後の一物がヒクヒクと過敏に震えた。初回から、抜かずの二発をしてしまい、一物も心地よく萎えはじめた。

藤丸は温もりを味わい、美津の吐き出す甘い刺激の吐息を胸いっぱいに嗅ぎながら、うっとりと快感の余韻《よいん》に浸《ひた》り込んだ。

「何やら、初めて情交したような心地です。こんなにも良いものだなんて、初めて知りました……」

美津が、荒い息遣いを繰り返しながら言った。

「こんなことなら、もっと早くしておけば良かった。今まで何度も、藤丸さんに誘いを掛けたくて仕方がなかったのです……」

「え……、本当ですか……」

兄嫁の囁《ささや》きに、藤丸は大きな悦びに包まれるとともに、同じ気持ちでいたの

ならもっと早く良い機会はなかったものかと思った。しかし、互いに激しく燃え上がったのだから、今日が最も良いときだったのかもしれない。

巨体があまり長く乗っているのも悪いので、やがて藤丸は呼吸を整え、そろそろと身を起こした。

股間を引き離すと、精汁と愛液にまみれた一物が、女を知った悦びに震えながらヌルッと抜け落ちた。そして懐紙《かいし》に手を伸ばして陰戸を拭こうとすると、

「そのようなこと、殿方がするものでは……」

急いで身を起こした美津が奪い取り、優しく一物を拭《ぬぐ》ってくれたのだった。

四

（それにしても……、やはり大旗本でも同じ人か……）

自室に戻った弥助は、すっかり火照った身体を持て余しながら思った。

実は、美津と藤丸の行為を一部始終覗いていたのである。

十八になる弥助は、筑波《つくば》山中にある素破《すっぱ》の里の出である。百石の旗本、吉村家に仕《つか》えていた祖父を継いで一年前に江戸に来ていた。

学問には秀《ひい》でているが、剣術が苦手な伊三郎を助け、何かとからんでくる不良旗本たちから守って来た。

その伊三郎が、遥《はる》か格上の家柄である志乃に見初《みそ》められ、許婚《いいなずけ》となったのが半年前。婚儀が半年も延びたのは、伊三郎が玉川《たまがわ》の堤防工事の監督を命ぜられたからだ。

いわば伊三郎の力量が、どれほどのものか試されたのである。

むろん伊三郎はそつなくこなし、弥助も陰ながら手伝って見事に成果を上げ、此度《こたび》の婚礼となったのだった。

実は弥助にも、桃香《ももか》という町家の娘の許婚がいた。住み込みで、吉村家に奉公していた娘である。

しかし弥助も、主人である伊三郎の婚儀が済むまではと婚儀を待ってもらったのだが、小間物屋を営《いとな》む桃香の親は、早く孫の顔が見たいと言い、結局半年も待てず同業者に嫁《とつ》がせてしまったのである。

桃香も弥助との別れを悲しんだが、所詮《しょせん》は親の言いつけに背《そむ》くわけにもゆかず、今は呉服問屋の新造《しんぞう》に納まってしまっていた。

武芸や忍びの術に長《た》けている弥助も、桃香との別れは辛く、また悶々《もんもん》と淫気を抱えたまま、伊三郎に従い永江家に住み込むようになった。

与えられた部屋は、屋敷の片隅にある三畳間である。

そして藤丸の言う通り、これからの伊三郎は城勤めに忙しくなるので、弥助の助けも要らなくなることだろう。

それに伊三郎も、もう正式に二千石の旗本なのだから、格下の不良旗本にからまれる心配もない。

（これからは、藤丸様の面倒でも見るか……）

弥助は思った。

実は弥助も、藤丸という男に興味を持ったのである。

先代の小普請奉行の子でありながら、母親が芸妓でお家とは無縁。お情けで住まわせてもらい、絵や細工物を生業とし、しかもさっき覗いた限りでは、三十にして初めて女を知ったのだ。

何やら忍びに通じる、同じ日陰者の匂いを感じたのかもしれない。

しかし藤丸は大きな体型そのもので、大らかな性格らしい。

れっきとした大旗本の奥方である美津の淫気には驚いたが、考えてみれば一人娘の志乃、伊三郎の妻も相当に淫気の強い女である。

だから弥助も、旗本も町家も変わりなく、好色な男女はどこにでもいるものだと思ったのだった。

とにかく弥助は、勃起した一物を露出させ、いま見た数々を思い出しながら夢中でしごきはじめた。

まだ十八の弥助からすれば、四十の美津は亡き母親より年上だが、さすがに美と気品は一級品で、熟れた肌も艶めかしくて充分に興奮をそそった。

あっという間に快感に貫かれ、弥助は手拭いの中に熱い精汁を放った。

手拭いなら洗えるし、一人でするのに懐紙など勿体《もったい》ない。

それに相手がいればじっくり時をかけて賞味するが、一人の時は早いに越したことはない。まだ昼間だし、小者として、いつ用を言いつけられるか分からないのだ。

手と一物を拭い、呼吸を整えて余韻を味わうと、弥助はすぐに立ち上がって身《み》繕《づくろ》いをし、屋敷の裏手の井戸で手拭いを洗った。

「弥助、一緒に来てくれ」

と、彼は藤丸に呼ばれた。

「はい、ただいま」

弥助は答え、絞った手拭いを畳んで帯に挟み、彼の方へ行った。

「細工物を届けるので、店を覚えてくれ」

「畏《かしこ》まりました」

弥助は答え、彼が抱えている風呂敷包みを持った。

藤丸が弥助を連れて屋敷を出ることは、すでにさっき美津に言っておいたのだろう。

番町《ばんちょう》にある屋敷は七百坪ほどもあり、周囲は家来衆や奉公人の住む表長屋に中長屋、広い庭も良く手入れされている。

この日陰者の二人は、表門ではなく裏門から外へ出て内藤新宿《ないとうしんじゅく》へと向かった。

藤丸は脇差《わきざし》も帯《お》びない着流しのままで、巨体の割りには、裾を蹴るように軽やかな早足だった。

「弥助は、どこの生まれだ」

「はい、常陸《ひたち》国の筑波山です」

「ほう、四六《しろく》の蝦蟇《がま》か」

「はあ、私も薬草作りなどは多くしておりました」

「そうか。媚薬《びやく》の心得などはあるか？」

「そ、それは私には分かりませんので」

弥助が答えると、その話はそれで終わった。

やがて武家屋敷の一角を抜けると田畑が多くなり、さらに進むと華やかな街に入った。内藤新宿の片隅に入ったようだ。

すると、いきなり数人の破落戸《ごろつき》が現われ、二人を取り囲んできたではないか。

「おう兄さん、良い身なりしてるな。どこぞのお武家か、それとも若旦那《わかだんな》か」

目つきの悪い男が楊枝《ようじ》をくわえ、藤丸に言った。恰幅《かっぷく》が良いので金があると踏んだのだろう。

「俺は武家でも商家でもない。気ままな職人だが」

「ああ、何でもいいや、金を貸してくれ」

正面の男が言うと、他のものは横と後ろに回り込んだ。それほど人気《ひとけ》のない一角なので、他に見ているものはいない。

「やるような金は無い。道を空《あ》けろ」

藤丸が言い、その落ち着いた物腰が弥助は意外だった。

「そうかい、じゃ力尽くで貰《もら》うとするか。うわ！」

男が、いきなり藤丸の張り手を食って吹っ飛んだ。

（うわ、やるな。弱かった伊三郎様とは段違いだ）

弥助は嬉しくなり、油断なく他の連中に向かって身構えた。

「てめえ、やるってのか」

他の連中が色めき立ち、二人に飛びかかってきた。

弥助は素早い当て身を連中の脾腹《ひばら》にめり込ませ、たちまち三人を悶絶《もんぜつ》させてしまった。

すると最初に張り手を食った男が起き上がり、匕首《あいくち》を抜き放って藤丸に突きかかってきたのだ。

さすがの藤丸も後退して間合いを取ったが、いち早く弥助が前に出て、その手首を摑《つか》んで捻《ひね》り投げた。

「うぐ……！」

背中から落ちた男が呻き、匕首を取り落としてもう立ち上がれなかった。弥助は、投げを打ちながら男の肩を外しておいたのだ。

「行きましょう」

弥助は促し、藤丸と小走りにその一角から遠ざかった。

「あはは、お前、強いな。只者じゃないと思っていたが」

藤丸が、上機嫌で笑って言った。

「いえ、藤丸様こそ良い度胸をしていらっしゃる」

「なあに、俺が死んでも永江家はびくともしないからな。それにしてもお前の技は、柔《やわら》の術なのか」

「いいえ、素破の術です」

弥助は正直に言った。伊三郎にも打ち明けているし、これから長く付き合うであろう藤丸には言った方が良いと思ったのだ。

「素破？　そのようなものがこの泰平《たいへい》の世に？」

「脈々と続いております。幼い頃から筑波の里で体術の数々を」

「そうか、それは面白い」

藤丸も興味を持ったようだ。

「してみると、お前が婿殿を陰で支えていたのか。あの優男《やさおとこ》が、荒くれものが揃う寄せ場で采配できるとは得心《とくしん》がいかなかったが」

藤丸は、たいそう勘が良いらしい。

「ええ、伊三郎様のお人柄もありますが、私も何かとお助けしましたので」

「なるほど、お前が婿殿を小普請奉行にまでしたのか」

「滅相も。どうか私の素性《すじよう》は誰にも内密に」

「ああ、分かったよ」

藤丸は言い、やがて二人は花乃屋《はなのや》という小間物屋に入った。

そこは店先で女向けの櫛《くし》や紅白粉《べに》を売り、中程には歌舞伎《かぶき》役者の絵や江戸の案内本、土産物《みやげ》の置物などがあり、そして奥には好事家《こうずか》への春画や張り型なども扱っているのだった。

弥助は物珍しげに店内を見回し、彼から風呂敷包みを受け取った藤丸は奥へと入っていった。

五

「大奥では評判が良いようです。これからも張り型を多く作って下さいませ」

女将《おかみ》の登勢《とせ》が、藤丸に顔を寄せて囁くと、彼はほんのり甘い刺激の吐息を感じて思わず股間を疼《うず》かせてしまった。

なぜ囁いたかというと、店先で女客の相手をしている一人娘の花江《はなえ》に聞かれないようにするためだ。花乃屋でいかがわしいものを扱っていることは、まだ生《き》娘《むすめ》の花江には内緒なのである。

登勢は三十代半《なか》ばの後家《ごけ》、婿養子だった亭主は二年前に病死していた。看板娘の花江は十七、愛くるしい笑窪《えくぼ》と八重歯《やえば》が魅力で、この界隈《かいわい》では小町《こまち》娘として通っていた。

藤丸は、この店に出入りするようになり三年余りになるが、日に日に美しく成長してゆく花江に惹《ひ》かれ、そして一向に歳を取らず艶やかなままの登勢にも淫気を抱いてきた。

しかし、この美しい母娘《おやこ》に、変に誘いをかけて気まずくなったら品物を置いてもらえなくなるかもしれないし、果ては彼の素性が知れて永江家に迷惑がかかってもいけない。

だから妄想だけで我慢して来たのだが、美津の肉体で女を知ってしまうと、何やら容易に手が出せるような気になってしまっていた。

「最近は、大奥の方までが求めに来るのですか」

「ええ、藤丸さんの張り型はたいそう本物に近く、具合が良いようです」

訊《き》くと、登勢が艶然《えんぜん》と笑みを洩らして答えた。

確かに、他の張り型は鼈甲《べっこう》など高価なものが多いが単純な作りで、藤丸のものは亀頭の張り具合や雁首の傘、反りまで自分の勃起した一物を模しているので、実際の男根に近いのだろう。

彼は何やら、大奥の美女たちが自分の一物を自慰に使用していることに、大いなる悦びと興奮を覚えた。

「あの人は？」

「おお、弥助、こっちへ来い」

登勢に言われ、藤丸は店内を見回していた弥助を呼んだ。

「私の手伝いをしている弥助と言います。何かと使いに来させると思いますので。こちらは女将のお登勢さんだ」

藤丸は、武家の小者ということを秘し、曖昧《あいまい》に紹介をした。

「左様ですか、弥助さん、よろしくお願い申します」

「こちらこそ、お見知りおき下さいませ」

弥助が丁寧に辞儀をして言うと、

「ああ、もう店の場所は分かっただろう。家の用もあるだろうから先に帰って良いぞ」

藤丸は言って弥助を先に帰すことにした。

本来、弥助は永江家の小者であり、伊三郎が連れて来た男なので、そうそう自分ばかりが勝手に使うのも気が引けるのである。

弥助が二人に挨拶して帰ってゆくと、登勢は藤丸を奥の座敷へ上げ、茶を淹《い》れてくれた。

店は、花江に任せておけば良い。

中で一服するのもいつものことなので、藤丸も悪びれず座布団に座った。

「鳥や猫の置物や、役者絵などもそれなりに捌《さば》けるのですが、やはり張り型と春画にお手間を割《さ》いて頂いた方が実入りになるかと存じます」

登勢が、暗に普通の土産物はあまり売れないのだと言ってきた。

「やはり、そうですか。では、春画と張り型に専念しますか……」

藤丸も答えた。何しろ、すでに美津には知れてしまったのだから、今さら隠すこともないのである。

実は今日の昼前、湯屋に出たついでに鳥や猫の置き物、役者絵などを花乃屋へ持ってきていたので、今日ここへ来るのは二度目なのだ。そのときはすぐ引き上げたが、それから登勢もいろいろ考えていたのだろう。

「それならば、お登勢さんにお願いです。春画も大げさに描かれた人真似ではなく、実際の一物や陰戸に近いものを描いてみたいのです。私の張り型が、自分の一物を模し、それが評判なら同じことと思うのですが」

「なるほど、どの絵も確かに一物は大きすぎますね」

登勢も頷いて答えた。

「私も、人真似でないものが描きたいものですから」

「では一度、描いて持ってきて頂けますか」

「はい、ただ自分のものは見て描けますが、陰戸はまだ見たこともないので」

藤丸は、無垢なふりをしてモジモジと言ってみた。

やはり美津の身体で女を知ると、今まで言えなかったことも言えるようになるようだ。

「まあ、まさか藤丸さん、まだ何も……？」

登勢が目を丸くし、彼の顔から全身を見回した。

確かに良い着物を着ているし、それなりに実入りがあるから遊郭《ゆうかく》ぐらい行っているると思われていたようだ。

まあ無垢なのは嘘《うそ》だが、それでも筆おろししたのはついさっきの一回きりなので、それほど大きな偽《いつわ》りでもない。

「は、はあ、まだ女を知りません。お恥ずかしい話ですが」

「まあ……」

登勢が嘆息《たんそく》し、さらに藤丸は頼み込んでみた。

「お登勢さんの身体を見て、描かせてもらえないものでしょうか」

「わ、私のですか……」

思いきって言ってみると、登勢は拒む様子もなく、ただ羞恥《しゅうち》と戸惑いに色白の頬を染めて言い淀《よど》んだ。

「他に頼める人はいませんし、何より描くなら好みの顔形の方が良いので」

「お、驚きました。三年余りのお付き合いなのに、そのようなことを言われるなんて……」

登勢が動揺を隠せないまま、そう言って身じろぐと、ふんわりと甘ったるい匂いが濃く漂ってきた。

「お嫌なら諦《あきら》めますが」

「いえ、きっと評判になる絵になるでしょうから、私などに手助けできるのでしたら……」

どうやら嫌ではないらしく、藤丸はムクムクと激しく勃起してきてしまった。

「では、ここで構いませんか」

「い、いえ、花江がいるので、家では……、藤丸さんのお宅は？」

「うちも無理です」

言われて、藤丸も答えた。いくら離れでも、よその女を連れ込むわけにはいかない。

「では、お一人暮らしではないのですね。そもそも、藤丸さんはお武家なのですか、町人なのですか」

「武士と芸妓の間に出来た子です」

藤丸は、この登勢と懇《ねんご》ろになれそうなので正直に答えた。

「まあ、そうだったのですか……」

「ええ、でも家はご勘弁を」

「分かりました。では待合へ行きましょう」

彼女が言って立ち上がり、藤丸も紙と矢立を借りて一緒に花乃屋を出た。

登勢も日頃から何かと他出することもあるだろうから、花江に一言言えば店番は任せられる。

少し離れて前を歩き、何度か通りかかったことのある裏道の待合に入ってみた。

(それにしても、日に二度も出来るとは。しかも、それぞれ別の女と……)

藤丸は、胸を高鳴らせて思った。

一人目は、憧れの兄嫁。そして登勢も、以前から妄想で手すさびのお世話になっていた艶やかな後家である。

もっとも絵を描くために入ったのだから、最後までしてくれるかどうかは分からないが、裸になれば何もなく済むはずもないだろうと期待した。

初老の仲居が二階の部屋に案内してくれると、そこには床《とこ》が敷き延べられており、二つ枕に懐紙も用意され、丸窓に一輪挿しに、いかにも情交するための部屋という雰囲気であった。

間もなく登勢も入ってきて、緊張気味に頰を強ばらせた。

「どのようにすれば……」

「はい、とにかくお脱ぎ下さい」

「全部ですよね……」

「ええ、お願いします」

局部だけ見せてもらうのも興奮するが、やはり様々な体位も描きたいので全裸が最適であった。

そして藤丸が紙と矢立を用意していると、ようやく意を決したように登勢もシュルシュルと帯を解きはじめてくれた。

脱いでゆくにつれ、着物の内に籠もっていた熱気が、さらに甘ったるい匂いを含んで室内に艶めかしく立ち籠めはじめていった。

登勢は帯を解いて着物を脱ぐと、あとはためらうことなく襦袢から腰巻まで全て脱ぎ去ってくれた。

藤丸は興奮を抑え、白く熟れた肢体《したい》に目を見張ったのだった。

第二章　女悦師《にょえつし》の修行を開始！

一

「では、横になって下さい」

藤丸が言うと、一糸《いっし》まとわぬ姿になった登勢が、布団《ふとん》に横たわった。

何しろ明るいので、羞恥《しゅうち》に堪《こら》える表情が実に艶《なま》めかしかった。

まずは男に添い寝しているように横向きにさせ、その形を描いた。とにかく淫気を堪《こら》え、当初の目的通り絵から始めないとならない。

（それにしても……）

三十代半《なか》ばの肌は実に滑《なめ》らかそうで、乳房も美津に匹敵《ひってき》するほど豊かに息づいていた。股間の翳《かげ》りも情熱的に濃く、腰も豊かで、太腿《ふともも》はムッチリと張り詰めていた。

早く触れたいのを我慢し、藤丸は手早く描いた。

まずは全身の線と、乳房を描きたかったので、それが済むと、いよいよ身を進ませていった。

「仰向《あおむ》けで、股《また》を開いて下さいませ」

「アア……、恥ずかしい。どうしても見るのね……」

言うと登勢も答え、覚悟を決めて仰向けになり、立てた両膝《ひざ》を恐る恐る左右全開にしていった。

藤丸も紙と筆を持って腹這《ば》い、彼女の股間に迫った。

白く滑らかな内腿の間に顔を寄せると、陰戸《ほと》から漂う熱気が顔中を包み込んできた。

見ると、股間の丘には美津よりも濃い茂みが密集し、割れ目からはみ出した花びらが僅《わず》かに開いて、ヌメヌメと大量の蜜《みつ》汁に潤《うるお》う柔肉《やわにく》が覗《のぞ》いていた。

藤丸は手早く外観を描いてから、

「済みません。自分で陰戸を広げて下さい。手が使えないもので」

言うと登勢は目を閉じて熱く息を弾《はず》ませ、そろそろと両手を股間に這わせ、両の人差し指で陰唇をグイッと左右に開いた。

完全に広がると、中身が丸見えになり藤丸は目を凝《こ》らした。

かつて花江が生まれ出てきた膣口が、艶めかしい襞《ひだ》を震わせて息づき、オサネも包皮を押し上げるように、光沢を放ってツンと突き立っていた。

「ああ……、お願い、早く済ませて……」

登勢が声を震わせて言い、それでも指で目いっぱい陰唇を広げてくれていた。

藤丸も早く舐《な》めたいのを堪えながら陰戸を描き、墨だけなので色合いは瞼《まぶた》に刻みつけた。

「じゃ、両脚を上げて抱えて下さい。尻の穴も見たいので」

「アアッ……！」

股間に顔を寄せながら言うと、登勢も喘《あえ》ぎながら両脚を浮かせて抱え込み、彼の目の前に白く豊満な尻を突き出してくれた。

何と艶めかしい眺めであろう。

藤丸は息を呑《の》み、谷間の奥でキュッと閉じられた蕾《つぼみ》を見ながら描いた。

美津の肛門は可憐《かれん》な蕾だったが、登勢のそれは僅かに肉が盛り上がり、おちょぼ口のような形をしていた。

すると描いているうち、陰戸から溢《あふ》れた淫水がヌラヌラと肛門の方にまで伝い流れてきたではないか。

やがて描き終えると、藤丸は紙と筆を部屋の隅に押しやり、あらためて彼女の股間に顔を寄せた。本当は、足首や指なども描いておきたかったが、それは自分の足を見て描けば済むだろう。

それよりも、まずは絶大な淫気を解放したかった。

「手を離していいですよ」

藤丸は言い、浮かせたままの彼女の脚を押さえた。

そしてとうとう、白く豊満な尻の谷間に鼻を埋め込んでしまったのだ。

「あう、駄目《だめ》……」

登勢は呻《うめ》いたが、すでに朦朧《もうろう》となって拒むことはしなかった。

顔中を双丘に密着させ、蕾に鼻を押し当てて嗅ぐと、秘めやかな微香が籠もって悩ましく鼻腔を刺激してきた。

美津に似た匂いだが、それでも微妙に違い、彼は貪《むさぼ》ってから舌を這わせた。

チロチロと蕾を舐めてヌルッと潜《もぐ》り込ませ、滑らかな粘膜《ねんまく》を探ると、

「く……、何をするの……」

登勢が呻き、浮かせた脚を震わせながらキュッと肛門できつく彼の舌先を締め付けてきた。

藤丸は舌を蠢《うごめ》かせ、うっすらと甘苦いような味わいを搔《か》き回し、ようやく脚を下ろし、そのまま陰戸に舌を這わせていった。

生ぬるい大量のヌメリは、やはり淡い酸味を含んで舌の動きを滑らかにさせ、彼は膣口からオサネまで舐め上げていった。

「ああッ……！」

登勢はビクッと顔を仰《の》け反《ぞ》らせて喘《あえ》ぎ、美津のように内腿できつく彼の顔を挟《はさ》み付けてきた。

それでも、武家育ちの美津とは違い、多くの春画も扱ってきた登勢であるから舐められることへの抵抗はないようである。恐らく婿《むこ》養子の亡夫にも舐めさせていたことだろう。

藤丸は舐めながら柔らかな茂みに鼻を擦りつけ、隅々に生ぬるく籠もった汗とゆばりの匂いを貪り、オサネに強く吸い付いた。

そして膣口に指を入れて内壁をクチュクチュと探ると、

「ゆ、指を二本にして……」

登勢が白い下腹をヒクヒク波打たせながらせがんできた。どうやら、もう何のためらいもなく快楽に向き合いはじめたようだ。

彼もいったん指を引き抜き、指を二本にしてヌメリを与え、膣口に押し込んでいった。

さらに左手の人差し指も唾液に濡れた肛門に挿し入れ、前後の穴の内壁を小刻みに摩擦しながらオサネを舐め回した。

「あう……、い、いきそう……、もっと強く……！」

登勢は身を弓なりにさせて声を上ずらせ、それぞれの穴で指が痺《しび》れるほどきつく締め付けてきた。膣口の淫水も粗相《そそう》したように溢れ、二本の指の動きが滑らかになった。

そして前後の収縮が高まるなり、

「いく……、アアーッ……！」

たちまち登勢がガクガクと狂おしい痙攣《けいれん》を開始して喘ぎ、とうとう気を遣《や》ってしまったのだった。

「ああ……、も、もう堪忍《かんにん》……」

熟れ肌をグッタリと投げ出して彼女が言うと、ようやく藤丸も舌を引っ込め、前後の穴からヌルッと指を引き抜いた。

「く……！」

登勢も駄目押しの刺激に呻き、ゴロリと横向きになってしまった。

膣内にあった二本の指の間は膜が張るほど大量の粘液にまみれ、攪拌《かくはん》されて白っぽく濁《にご》った淫水に指がふやけてシワになっていた。肛門に入っていた指に汚れはないが、生々しい匂いが付着していた。

藤丸は放心している登勢から離れ、自分も帯を解いて着物と下帯を脱ぎ去り、全裸になってしまった。

昼間筆おろしをしたというのに、ピンピンにそそり立った一物は待ちきれないほど高まっていた。

「い、入れて……」

と、まだ荒い呼吸を整えながら、彼が全裸になったことを知った登勢は貪欲《どんよく》にせがんできた。やはり舌と指で気を遣るのと、一つになるのは別物の欲求があるようだ。

「では、このように……」

藤丸は迫りながら言い、横向きになっている登勢の身体をうつ伏せにさせ、尻を持ち上げた。

「アア……、後ろから入れるのね……」

登勢も答え、四つん這いになって自ら豊満な尻を彼の方に突き出してくれた。

やはり藤丸も、これから本格的に春画に取り組むので、より多くの体位を体験しておきたかったのだ。

膝を突いて股間を進め、後ろから先端を膣口に押し当てた。

息を詰めてゆっくり挿入していくと、大量のヌメリで一物はヌルヌルッと滑らかに根元まで呑み込まれていった。

「ああッ……、いいわ、奥まで届く……」

深々と受け入れた登勢が、白く滑らかな背中を反らせて喘ぎ、キュッときつく締め付けてきた。

藤丸も、温かく濡れた肉襞の摩擦と締まりの良さ、そして股間に密着して弾《はず》む豊満な尻の丸みに陶然《とうぜん》となった。美津とした本手（正常位）も良かったが、後ろ取り（後背位）は尻の感触が格別なのだと知った。

彼は登勢の背に覆いかぶさり、髪の香油を嗅《か》ぎながら両脇から回した手で、たわわに揺れる豊かな乳房を揉んだ。

そしてぎこちなく腰を前後させはじめると、

「あうう……、もっと強く奥まで……！」

登勢が尻をくねらせ、顔を伏せたまま熱く呻いた。

溢れる淫水が彼のふぐりをヌメらせ、彼女の内腿にも伝い流れ、動きに合わせてピチャクチャと淫《みだ》らな音が響いた。

しかし摩擦と尻の密着感は良いが、艶《なま》めかしい顔が見えないので物足りず、彼は果てる前に動きを止め、いったん身を起こして引き抜いたのだった。

二

「ああ……、止《や》めないで……」

快楽を中断された登勢が不満げに言い、藤丸は彼女を横向きにさせた。

今度は松葉くずしの体位で、登勢の上の脚を真上に差し上げ、下の内腿に跨《また》がって再び挿入していった。

そして上の脚に両手でしがみつくと、互いの股間が交差して密着感が高まり、内腿も心地よく擦れ合った。

「アア……、すごい……」

登勢も再び快楽の波にたゆたい、熱く喘ぎながら股間を押しつけてきた。

藤丸も腰を前後させ、ジワジワと高まってきた。

それでも暴発を免《まぬが》れたのは、すでに美津を相手に一度出していたのと、今は少しでも多くを学んでおきたかったのだ。

やはり武家の美津と違い、春画や張り型を扱ってきた登勢なら、どんなことでも要求でき、それを叶えてくれそうな気がしたのである。

しかし、ここでも彼は果てるのをためらい、また引き抜いて登勢を仰向けにさせた。

ようやく本手で根元まで交接し、藤丸は温もりと感触を味わった。

「も、もう抜かないで……」

登勢が言い、両手を伸ばして彼を抱き寄せてきた。

藤丸も脚を伸ばして身を重ね、屈《かが》み込んで左右の乳首を交互に含んで舌で転がし、顔中で柔らかな膨《ふく》らみを味わった。

「あうう、突いて……、強く何度も……」

登勢が彼の背に両手を回してしがみつき、待ちきれないようにズンズンと股間を突き上げてきた。

藤丸は左右の乳首を味わい、彼女の腋《わき》の下にも鼻を埋め込んだ。

色っぽい腋毛の隅々には、やはり生ぬるく甘ったるい汗の匂いが濃厚に沁《し》み付き、彼は胸を満たしながら突き上げに合わせ、徐々に腰を突き動かしはじめていった。

そして首筋を舐め上げ、熱く喘ぐ口に迫り、鼻を押し付けて嗅いだ。

湿り気ある吐息は濃厚に甘い花粉のような匂いを含み、それに乾いた唾液《だえき》の香りも混じって悩ましく鼻腔《びこう》を刺激してきた。

さらに唇《くちびる》を重ね、舌をからめると、

「ンンッ……！」

登勢も熱く鼻を鳴らし、チュッと彼の舌に強く吸い付いた。

美しい後家《ごけ》の息を嗅ぎながら、果ては股間をぶつけるように動き続けた。

「ああ……、い、いきそうよ……」

登勢が口を離して喘ぎ、いよいよ藤丸も激しく高まり、そのまま肉襞の摩擦の中で昇り詰めてしまった。

「く……！」

彼は突き上がる快感に呻き、大量の熱い精汁をドクンドクンと勢いよく柔肉の奥にほとばしらせた。

「あう、いく……！」

噴出を感じた途端《とたん》、登勢も肌を強ばらせて呻き、ガクガクと狂おしい痙攣を開始して気を遣ってしまった。

膣内の収縮で揉《も》みくちゃにされながら快感を噛《か》み締め、藤丸は心置きなく最後の一滴まで出し尽くしていった。

満足しながら徐々に動きを弱め、豊かな乳房を押しつぶしながらもたれかかっていくと、

「ああ……」

登勢も、精根尽き果てたように声を洩《も》らし、肌の硬直を解いてグッタリと身を投げ出していった。まだ膣内は、若い一物を味わうようにキュッキュッと収縮を繰り返し、そのたびに過敏になった幹《みき》がヒクヒクと震えた。

藤丸は彼女の熱く甘い息を胸いっぱいに吸い込みながら余韻《よいん》を味わい、やがてそろそろと股間を引き離し、ゴロリと添い寝していった。

「すごかったわ……、初めてとは思えない……」

登勢が、荒い息遣いを繰り返しながら言った。

まあ初めてではないのだが、無垢に近いことは確かである。

それにしても日に二度も年上の美女と情交でき、その二人とも気を遣ってしまったのだから、彼の満足は実に大きかった。

熟れた女は果てやすいのか、それとも自分に女をいかせる才があるのかもしれない。もし後者ならば、女を満足させる女悦師《にょえつし》を目指しても良いのではないかとさえ思えた。

やがて呼吸を整えた登勢が手を伸ばして懐紙《かいし》を取り、自分で陰戸を拭き清めると、身を起こして彼の股間に屈み込んできた。

「まだ大きいまま……」

彼女が言い、拭く前に淫水と精汁にまみれた先端にチロチロと舌を這わせてきたのだ。

「あう……」

「この匂い、すごく久しぶり……」

藤丸が刺激に呻くと、登勢は言いながら、さらに本格的に亀頭にしゃぶり付いてきた。

滑らかに舌をからめ、股間に熱い息を籠もらせながら、さらにスッポリと喉《のど》の奥まで呑み込んでくれた。

濡れた唇が幹を締め付けて吸い、口の中ではクチュクチュと舌が蠢いた。

満足げに萎《な》えかけていた一物が、再びムクムクと回復し、すぐに元の硬さと大きさを取り戻してしまった。

「い、いきそう……」

快感を高めて言うと、登勢がスポンと口を引き離した。

「いいわ、お口に出して。私も、もう一回入れたら歩けなくなってしまうから。ではここも舐めさせてね」

彼女が言うなり、藤丸の両脚を浮かせて尻の谷間に舌を這わせてきた。

肛門がチロチロと舐められ、熱い鼻息がふぐりをくすぐった。そしてヌルッと潜り込むと、

「く……！」

藤丸は妖《あや》しい快感に呻き、肛門で美女の舌をキュッと締め付けた。

自分がするのは良いが、される側になると申し訳ないような快感が湧いた。

彼女も舌を引き抜いて脚を下ろし、そのままふぐりを舐め回し、二つの睾丸を転がしてくれた。

袋全体が生温かな唾液にまみれると、再び肉棒の裏側を舐め上げた。

滑らかな舌が先端まで来ると、登勢は丸く開いた口で深々と一物を呑み込み、上気した頬をすぼめて吸い付いた。

「ああ……」

藤丸は快感に喘ぎながら、思わずズンズンと股間を突き上げはじめた。すると登勢も合わせて顔を上下させ、濡れた口でスポスポと強烈な摩擦を繰り返してくれたのだ。

「い、いく……、アアッ……！」

まるで美女の口と情交するような快感で、たちまち彼は二度目の絶頂を迎えて喘いだ。

（口に出して良いのだろうか……）

一瞬ためらいが生じたが、たちまち突き上がる大きな快感に押し流され、ありったけの精汁がドクンドクンとほとばしり、彼女の喉の奥を勢いよく直撃してしまった。

「ク……、ンン……」

噴出を受け止めた登勢は小さく呻きながらも、噎《む》せることなく吸引と摩擦、舌の蠢きを続行してくれた。

「ああ、気持ちいい……」

藤丸が快感に身を震わせて喘ぎ、最後の一滴まで絞り尽くしてしまった。

男女が一つになって快感を分かち合うのも良いが、一方的に奉仕され、美女の最も清潔な口の中に射精するのも、またゾクゾクするような快感と大きな満足があった。

出しきってグッタリとなると、登勢も吸引と摩擦を止め、亀頭を含んだまま口に溜まったものをゴクリと一息に飲み込んでくれた。

「あう……」

嚥下《えんか》とともに口腔がキュッと締まり、彼は駄目押しの快感に呻いた。

出した子種が飲み込まれ、美女の栄養にされることにも妖しい快感が湧いた。

確かに春本にはそうした描写もあったが、自分がしてもらう日が来るなど夢にも思っていなかったものだ。

ようやく登勢は口を離し、余りをしごくように幹を摩擦し、さらに尿口から滲《にじ》み出る白濁の雫《しずく》まで丁寧に舐め取ってくれたのだった。

「く……、も、もういいです、どうも有難う……」

藤丸はクネクネと腰をよじり、降参するように言った。

やっと彼女も舌を引っ込め、唾液に濡れた肉棒を懐紙で包み込み、丁寧に拭ってくれた。

「二回目なのに、濃くて多いわ……」

顔を上げた登勢が、ヌラリと淫らに舌なめずりして言った。

飲むのも経験しているらしく、亭主が早死にしたのも彼女のせいではないのかと藤丸は思ったのだった。

三

「あら弥助さん、ご苦労様」

弥助が、藤丸に頼まれた張り型を届けに花乃屋へ行くと、小町娘の花江が笑窪のある笑みを向けて言った。

むろん花江は、彼の抱えている風呂敷包みの中身を知らず、単に藤丸が彫った鳥や猫の置物だと思っていることだろう。

「こんにちは、女将《おかみ》さんは」

「今お客様が来ているわ。もう間もなく用も済むから待っていて」

花江に言われ、弥助は奥の上がり框《かまち》に腰を掛け、彼女はすぐ接客へと戻った。

すると、花江の言うようにいくらも待たないうち、登勢と女客が出てきた。

女は二十代前半で、島田《しまだ》に結った髪と絢爛《けんらん》たる着物を着ている美女だが、弥助から見ると、相当に武芸の腕があると見受けられた。

彼が立ち上がって場所を空けると、

「まあ、弥助さん、新たなものを持ってきてくれたのね」

登勢が言って、彼の包みを開いて確認した。

「佐枝《さえ》様、これもお持ちになって下さいませ」

「それは助かります。数が少ないと思っておりましたので」

佐枝と言われた美女が言い、自分の荷に、弥助の持って来たものを加えた。

「弥助さん、途中まで荷物を持ってお送りして下さるかしら。こちらは大奥のお使いの佐枝様です」

「はい、承知しました。ではお持ちしますので」

「お願いします」

言うと佐枝も、彼に荷を渡してきた。どうやら中身は、全て藤丸の作った張り型のようだ。

そして佐枝について、一緒に花乃屋を出た弥助は、彼女の歩き方を見てさらに武芸の達者であることを確信した。もちろん弥助のような自在な体術ではなく、あくまでも型に則《のっと》った剣術か薙刀《なぎなた》であろう。

佐枝は大奥の中でも警護の役に就《つ》き、こうして外へ買い物にも出向くことがあるようだ。

「弥助と言いましたね。いくつです」

「は、十八です」

「張り型作りのお手伝いを？」

「い、いいえ、私はただの下働きですので」

「左様《さよう》ですか。一度、藤丸殿にお目もじしたいのですが、今から案内してくれますか。迎えの乗物が来るまで、まだ一刻（約二時間）ほどありますので」

佐枝が振り返って言う。大奥女中たちの間で藤丸の張り型が評判となり、おそらくこの佐枝も使っているようだ。

「いえ、それは、藤丸様の意向を伺《うかが》ってからでないと……」

弥助の一存で、いきなり小普請奉行の屋敷へ案内するわけにはいかない。

「何故《なぜ》です。仕事の邪魔にならぬよう、ほんの少しでも会えれば」

「実は、内緒で仕事をしているものですから……」

「なるほど、家人に知られては差し障《さわ》りがあるのですね」

佐枝も、何となく裏稼業《かぎよう》という様子を察し、納得してくれたようだ。

と、その時である。一人の破落戸《ごろつき》が弥助と行き合った。

「あれえ、こないだの小僧じゃねえか。今日はやけに別嬪《べっぴん》を連れているが」

男が言い、また昼間から酔っているようだ。しかし仲間はおらず、今日は男一人きりである。

「とにかくこないだの礼だぜ、食らえ！」

男はいきなり殴りかかってきた。川沿いの小道で、やはり通る人はいない。

弥助は荷を宙に放り投げ、迫った男の腕をひねって背を向け、思い切り足を払って投げを打った。

「うわ……！」

ひとたまりもなく呻きながら男の体は放物線を描き、激しい水音を立てて川に投げ込まれていた。そして弥助は、落下した荷を受け止め、

「お目汚しを。行きましょう」

佐枝を促して歩きはじめた。

「そ、そなたは、何と……」

佐枝は目を丸くし、息を呑んで言った。

見ると男は、川幅が狭いので必死に向こう側へ泳ぎ着き、ようやく草に摑《つか》まって懸命に這い上がろうとしているところだった。

「先日もからんできた破落戸です。もうこれで道で会っても関わってこないでしょう」

「そ、それにしても強い。私が戦おうと思ったのに」

佐枝が、今さらながら闘志を燃やして言うので、やはり相当に気が強いようだった。

「どこで武芸を。武士には思えぬが」

「小兵《こひょう》ですが、村一番の相撲《すもう》自慢でした」

「左様ですか……、いや、強い男は好きです。少々お付き合い願えませんか」

佐枝が言い、また足早に彼を従えて歩きはじめた。

少し歩くと待合があり、彼女は弥助をそこへ誘った。どうやら迎えの乗物はこの界隈《かいわい》に来るようだ。佐枝は、久々の城外なのであちこち歩くつもりだったらしいが、激しく弥助に惹《ひ》かれたらしい。

部屋に通されると、床が敷き延べられ、二つ枕と懐紙が置かれて淫靡《いんび》な雰囲気が漂っている。

弥助は激しく勃起し、目眩《めまい》を起こすほどの興奮に見舞われた。

佐枝が淫気を催《もよお》しているのは確かで、弥助自身、許婚《いいなずけ》だった桃香との別れ以来この半年ばかり、伊三郎について堤防工事の寄せ場にいたから、全く女に触れていなかった。

「実は私は、十八から剣の腕を買われ警護役として大奥に居《お》りました」

佐枝が、やや緊張に頬を強ばらせて言う。

濃い眉と勝ち気そうな切れ長の目が興奮をそそり、甘ったるい汗の匂いが弥助の鼻腔を悩ましく刺激してきた。

「ですから、まだ生娘《きむすめ》です。ただお仲間から張り型を借り、使っているうちたいそう心地よくなる気分は存じております。お前は女を知っていますか」

「は……、実はかつて町家の許婚がいて、何度か情交はしましたが、結局別れましたので」

「そう、私とするのに支障なければ、情交を教えて欲しいのです」

佐枝が言った。

どうやら張り型の快楽を知るにつけ、恐らくその張り型そっくりな一物を持っているであろう藤丸に興味を持ったらしいが、今は目の前の弥助に初物を捧《ささ》げる気になったようだ。

「わ、私は田舎《いなか》から出て来た山猿ですので、お旗本のお嬢様とは……」

「構《かま》いません。情交を学ぶだけですので、好き同士になる必要もないのです」

佐枝は言い、思い切ると行動も早く、手早く帯を解きはじめたではないか。

「さ、お前も全て脱いで」

「は……」

言われて、弥助も帯を解いて着物を脱いだ。下帯を外すと、もちろん若い一物はピンピンにそそり立っている。

佐枝も、ためらいなく着物を脱ぎ、襦袢《じゅばん》と腰巻、足袋《たび》まで全て取り去り一糸まとわぬ姿になった。

「ここに寝て、見せて……」

彼女が言い、弥助は布団に仰向けになった。すると佐枝は彼を大股開きにさせると真ん中に腹這い、顔を寄せてきた。

「すごい……、このように勢いよく勃《た》っているとは……」

佐枝が、熱い視線と息で一物を刺激しながら言った。

藤丸の作る張り型は、自分の一物を模しているから亀頭が太く、雁首も傘が張っているが、それほど長くはない。

弥助のものは亀頭は小振りだが長さがあり、勢いよく反り気味であった。

「ああ、これが本物……、これが金的か……」

佐枝はすっかり夢中になって目を凝《こ》らし、そっと指を這わせてきた。

ふぐりを探って睾丸《こうがん》を確認し、袋をつまみ上げて肛門の方まで覗き込んでからようやく幹に触れてきた。

ほんのり汗ばんだ手のひらにやんわりと包み込んでニギニギと動かし、感触と温もりを確かめた。

「張り型より柔らかいけど、温かいわ……」

佐枝は言いながら、光沢を放って張り詰めた亀頭にも触れ、鈴口から滲む粘液を指の腹でヌラヌラと擦った。

「ああ……」

弥助は快感に喘ぎ、無邪気な動きにヒクヒクと反応した。

同じ生娘でも可憐な桃香とは違い、すでに張り型で快楽を知った年増《としま》娘だ。

するとと佐枝は顔を寄せ、とうとう幹の裏側を舐め上げてきたのである。

無垢な武家の女がいきなり口でするのも驚いたが、張り型を入れる前には舐めて濡らす習慣があるのだろう。

そして佐枝は張り型とは違う、血の通った舌触りが気に入ったように念入りに舌を這わせ、亀頭を咥えて呑み込んでいった。

四

「ああ……、い、いきそう……」

弥助は、佐枝の口の温もりと唾液に濡れた舌の蠢きで、急激に高まりながら言った。すると、彼女もすぐにスポンと口を離した。

「いくとは、精汁を漏らして一物が萎えるということですか。ならば入れてみたいので」

佐枝は言って添い寝し、弥助も身を起こした。

「さあ、存分に……」

彼女も意を決して股を開き、受け入れの体勢を取っていた。

やはり春本も読まぬ武家娘は、すぐにも入れるものと思っているらしい。

「そ、その……、入れるとすぐに終わってしまいますので、私も舐めてよろしいですか」

「い、陰戸を舐めるのですか……、それは、とても恥ずかしいけれど、嫌でないのなら……。そう、どうか許婚にしたようなことを、全部して……」

彼が言うと、佐枝も急激に快楽への期待が湧き上がったように、頬を上気させて答えた。

弥助も、まずは仰向けになった佐枝の肢体《したい》を見下ろした。

着物を着ているときは女らしかったが、全裸になると肩や二の腕は筋肉が発達し、乳房は張りはあるが豊かではなく、腹も筋肉が浮かんで段々になり、太腿も実に引き締まって逞《たくま》しかった。

「お、男のような身体でしょう……。大奥で見せたら女たちが寄ってきそうなので、見せぬようにしております……」

「いえ、お美しいです」

いわれて弥助は答え、屈み込んで薄桃色の乳首にチュッと吸い付いていった。

舌で転がすと、生ぬるく甘ったるい汗の匂いが濃厚に立ち昇った。

「アア……、くすぐったくて、いい気持ち……」

佐枝がクネクネと身悶え、熱く喘いだ。

弥助は唇に挟んで吸い付き、弾力ある膨らみに顔中を押し付けて汗の匂いを嗅いだ。

もう片方の乳首も含んで舐め回し、さらに逞しい腕を差し上げて腋の下にも顔を埋め込んでいった。生ぬるい汗に湿った腋毛に鼻を擦りつけて嗅ぐと、さらに噎《む》せ返るように濃い匂いが悩ましく鼻腔を刺激してきた。

充分に嗅いでから滑らかな肌を舐め降り、彼は引き締まった腹に舌を這わせて臍を舐め、顔中で弾力を味わってから、逞しい脚を舌で這い下りていった。

太腿も硬いほど引き締まり、脛《すね》にはまばらな体毛があって野趣《やしゅ》が感じられ、彼は足首まで下りて足裏に回り込んだ。

大きな足裏に舌を這わせ、指の股に鼻を割り込ませて嗅ぐと、汗と脂に湿ったそこは蒸れた匂いが濃厚に沁み付いていた。

胸いっぱいに嗅いでから爪先をしゃぶり、太く頑丈《がんじょう》な指の間に舌を挿《さ》し入れて味わった。

「あう、何を……！」

佐枝がビクリと反応して呻き、彼の口の中で舌を挟み付けてきた。

弥助は全ての指の股を味わい、もう片方の足指も、味と匂いを存分に貪り尽くした。

いよいよ股を開かせ、脚の内側を舐め上げながら、彼は佐枝の股間に顔を進めていった。

「アア……、本当に舐めるの……？」

佐枝が、羞恥と期待に声を震わせ、ヒクヒクと内腿を波打たせた。

自分も一物をしゃぶったのだが、それは張り型への習慣に倣《なら》っただけで、別に愛撫《あいぶ》で行なったのではないだろう。

とにかく弥助は白く滑らかな内腿を舐め上げ、熱気と湿り気の籠もる陰戸に顔を寄せた。

見ると股間の丘には楚々《そそ》とした恥毛が煙《けぶ》り、割れ目からはみ出す花びらはさすがに生娘だけあり綺麗な桃色をしていた。

しかし期待に大量の淫水が溢れ、今にも肛門の方にまで伝い流れそうに雫《しずく》を脹《ふく》らませている。

彼はそっと指を当て、陰唇を左右に広げて中身を丸見えにさせた。

「く……」

敏感な部分に触れられた佐枝が息を詰めて呻き、中の膣口をキュッと引き締めた。細かな花弁状の襞が入り組んで息づき、ポツンとした小さな尿口の小穴も確認できた。

そして包皮を押し上げるようにツンと突き立ったオサネは、何と親指の先ほどもある大きなもので、激しく彼の興奮をそそった。

ツヤツヤと光沢を放つオサネは亀頭の形をし、幼児の一物のようだった。

もう堪《たま》らず、弥助は吸い寄せられるように佐枝の股間に顔を埋め込んだ。

柔らかな茂みに鼻を擦りつけると、腋と同じく濃厚に甘ったるい汗の匂いが籠もり、それにゆばりや生娘の恥垢の匂いも混じり、悩ましく彼の鼻腔を掻き回してきた。

彼は何度も深呼吸して佐枝の匂いで胸を満たし、陰唇の内側に舌を挿し入れていった。

ヌメリは淡い酸味を含んで舌の動きを滑らかにさせ、弥助は膣口の襞をクチュクチュ味わってから、ゆっくりと大きなオサネまで舐め上げていった。

「アアッ……、い、いい気持ち……!」

佐枝が正直に喘いで言い、顔を仰け反らせながらムッチリと内腿できつく彼の顔を挟み付けてきた。

弥助はもがく腰を抱え込み、チロチロと舌先で弾《はじ》くようにオサネを舐めては、新たに溢れる大量の蜜汁をすすった。

さらに彼女の両脚を浮かせ、引き締まった尻の谷間に鼻を埋め込み、可憐な桃色の蕾に籠もる匂いを貪った。生々しい微香が悩ましく胸に沁み込み、彼は久々に女体を感じながら舌を這わせた。

細かな襞を舐めて濡らし、ヌルッと潜り込ませて滑らかな粘膜を探ると、

「あう……、駄目……」

佐枝が違和感と羞恥に呻き、キュッと肛門で舌先を締め付けてきた。

弥助は甘苦いような微妙な味わいを探りながら舌を蠢かせ、やがて脚を下ろして再び舌を陰戸に戻した。

大量のヌメリをすすり、オサネに吸い付いていくと、

「か、嚙《か》んで……」

佐枝が息を詰めてせがんできた。武芸好きの彼女は、微妙な愛撫よりも痛いぐらいの刺激の方が好みなのだろう。

だから硬い張り型の挿入もすぐに慣れ、気を遣るようになってしまったのかも知れない。

そっと前歯で突起を挟み、小刻みにクリクリと動かすと、

「あうう……、いい……、もっと強く……」

佐枝が目を閉じて身を弓なりに反らせ、呻きながらクネクネと腰をよじった。

さらに淫水の量も増し、弥助は舌と歯でオサネを刺激しながら、指を膣口に押し込んで内壁を摩擦した。

「く……、駄目、いきそう、どうか、入れて……！」

佐枝が絶頂を迫らせて口走り、ようやく彼も口を引き離し、ヌルッと指を引き抜いた。

「どうか、佐枝様が上になって下さい」

弥助は股間から這い出して添い寝し、仰向けになって言った。

「私が上……？」

「上になるのは畏《おそ》れ多いし、その方が気ままに動けるかと思います」

弥助は答えたが、実際には茶臼《ちゃうす》（女上位）が好きなのである。

「そう、お前がそう言うのなら……」

勝ち気な佐枝も身を起こして言い、男を組み伏せる行為に期待が湧いたようだった。

佐枝は、もう一度屈み込んで張り詰めた亀頭をしゃぶり、たっぷりと生温かな唾液に濡らしてから顔を上げた。

そして前進して弥助の股間に跨《また》がり、先端に割れ目を押し付けてきた。

ヌメリを与えながら位置を定めると、もう張り型で体験しているので、ためらうことなく腰を沈み込ませていった。

張り詰めた亀頭が潜り込むと、あとは潤いと重みで一物は、ヌルヌルッと根元まで呑み込まれた。

「アア……！」

佐枝がビクッと顔を仰け反らせて喘ぎ、完全に座り込んで股間同士を密着させた。弥助も肉襞の摩擦と、きつい締め付け、熱いほどの温もりに包まれて快感を味わった。

「温かくて、何て心地よい……」

佐枝が目を閉じて言い、初めての肉棒を味わうようにキュッキュッと膣内を収縮させた。これほど気持ち良い初体験をする生娘も珍しいだろう。

彼女は上体を反らせたまま、弥助の胸に両手を突っ張り、密着した股間をグリグリと動かして擦り付けた。

そして彼は両手を伸ばして抱き寄せると、佐枝もゆっくり身を重ねてきた。

弥助は僅かに両膝を立てて彼女の尻を支え、胸に押し付けられて弾む乳房の感触を味わった。

五

「痛くありませんか」

「ええ、張り型を初めて入れたときのような痛みはなく、何とも気持ち良くて仕方がない……」

弥助が囁くと、佐枝もきつく締め付けながら答えた。

そして佐枝がぎこちなく腰を動かしはじめてきた。普段なら仰向けになって張り型を入れ、自分の手で動かすか、あるいは立てた張り型に跨がり、腰を上下させるのだろう。

弥助も両手でしがみつきながら、ズンズンと股間を突き上げはじめた。

「アア……、いい、もっと強く……！」

佐枝が熱く喘ぎ、次第に互いの動きが一致して股間がぶつかり合い、ピチャクチャと淫らに湿った摩擦音が響いてきた。

弥助が下から佐枝の唇を求めると、彼女もピッタリと重ね合わせ、自分からヌルリと舌を潜り込ませた。

彼は滑らかに蠢く舌を舐め回し、生温かな唾液をすすった。

「もっと、唾を出して下さい……」

唇を重ねたまま囁くと、佐枝も懸命に唾液を分泌させ、口移しにトロトロと注ぎ込んでくれた。

弥助は生温かく小泡の多い粘液を味わい、飲み込んでうっとりと喉を潤した。

突き上げを強めていくと、

「ンンッ……！」

佐枝が眉をひそめて呻き、やがて苦しげに口を離してきた。

「ああ……、い、いきそう……」

彼女が口走り、弥助は喘ぐ口に鼻を押し付けて熱い息を嗅いだ。それは甘酸っぱい芳香を含み、悩ましく胸に沁み込んできた。

可憐《かれん》な果実臭だと桃香を思い出してしまうが、それより熟《う》れて濃厚な匂いで、彼は甘美な悦びとともに鼻腔を湿らせて酔いしれた。

すると佐枝が、まるで一物をしゃぶるときのように、彼の鼻の頭を舐め回してくれた。

「アア……」

弥助は、滑らかな舌の感触に喘いで絶頂を迫らせた。

佐枝も熱くかぐわしい息を弾ませ、彼の鼻の穴を舐め、鼻全体をしゃぶった。

弥助が顔中を擦り付けると、佐枝も吐き出した唾液を舌で塗り付け、生温かな唾液でヌルヌルにまみれさせてくれた。

「い、いく……、アアッ……！」

とうとう弥助は、美女の唾液と吐息の匂いに昇り詰め、肉襞の摩擦の中で熱い大量の精汁をドクンドクンと勢いよくほとばしらせてしまった。

「あ、熱い、気持ちいい……、ああーッ……！」

噴出を感じた途端、佐枝もガクガクと狂おしい痙攣を開始し、声を上ずらせながら激しく気を遣った。

確かに張り型は射精しないので、さらに気持ち良かったのだろう。

弥助は股間を突き上げて快感を味わい、心置きなく最後の一滴まで出し尽くしていった。

すっかり満足しながら徐々に突き上げを弱めてゆき、力を抜いて身を投げ出していくと、

「アア……」

佐枝も精根尽き果てたように声を洩らし、グッタリと体重を預けて彼にもたれかかってきた。

弥助は美女の重みと温もりを受け止め、まだ息づくような収縮を繰り返す膣内で、ヒクヒクと過敏に幹を跳ね上げた。

「あう……、感じる……」

佐枝も、敏感にキュッと締め付けながら呻いた。

弥助は美女の湿り気ある吐息を嗅いで胸を満たし、うっとりと快感の余韻《よいん》に浸《ひた》り込んでいった。

「こんなにも良いものだなんて……」

佐枝は荒い呼吸を繰り返しながら呟《つぶや》き、それ以上の刺激を避けるように、そろそろと股間を引き離してゴロリと横になった。

「私などが最初でよろしかったのでしょうか……」

「ええ、お前が一番良かったと思います。どこもかしこも舐めてくれたので、恥ずかしいけれど宙に舞うように心地よかったです……」

囁くと、佐枝も答え、ようやく身を起こして彼の股間に顔を寄せてきた。

「これが、精汁の色と匂い……」

まだ雫を宿す先端に鼻を寄せて言い、彼女はチロリと舌を這わせた。

「あう……」

弥助は刺激に呻き、徐々に萎えてゆく幹をピクンと震わせた。

「あまり味はないが、生臭い……。これが子種なのですね……」

佐枝は感想を述べ、なおも余りを貪るように亀頭を含んで吸った。

「く……、ど、どうか、ご勘弁を……」

弥助が降参して言うと、佐枝も口を離してくれた。

「そう、出したあとは感じすぎて辛いのですね。確かに、私も張り型で気を遣ったときは、誰にも触れられたくない心地になります」

彼女も納得して言い、ようやく懐紙を手にして陰戸を拭い、一物も丁寧に処理してくれた。

「また会えるでしょうか。もっとも次はいつ城から出られるか分かりませんが」

「ええ、また花乃屋で待ち合わせることにしましょう」

「では、次に出る日が決まれば、前もって花乃屋に伝えておきます」

佐枝は言い、髪を整えて身繕《みづくろ》いをした。

そろそろ迎えの乗物が来る刻限なのだろう。城のものに、待合から出るところを見られても困る。

弥助も身を起こして手早く下帯を着け、着物を着た。久々の情交で、胸の中が悦びでいっぱいだった。

やがて二人で外を窺《うかが》いながら、誰も通らないときに待合を出た。

そしてまた弥助は荷を抱え、佐枝が待ち合わせをする辻へ行って迎えの乗物を待った。

「ああ、まだ中にお前が入っているようです……」

佐枝は、よほど良かったように言った。

弥助も、少々迎えに待たされるのなら、次はいつ会えるか分からないのだから急いでもう一回ぐらいしておけば良かったと思った。

すると間もなく、乗物が見えてきた。

前後二人ずつの陸尺《ろくしやく》の担《かつ》ぐ乗物は、さすがに豪華で、鋲打《びようう》ちと呼ばれる奥女中専用のものだった。

陸尺が御簾《みす》を上げると佐枝は乗り込み、弥助も荷を手渡してやった。

「ではお気を付けて」

言うと彼女も辞儀《じぎ》をし、御簾が下ろされて乗物は城へと向かっていった。

それを見送り、弥助は鼻腔に佐枝の残り香を感じながら、永江家の屋敷へと急いだ。

藤丸に、何か次の用事を言いつけられるかもしれない。

裏門から戻り、離れの藤丸に報告した。

「行って参りました」

「おお、遅かったな」

「はい、先日の破落戸がからんできたので川へ投げ込みました。それから花乃屋で茶を頂き、客もいない頃合いだったのでお登勢さんとずいぶん話し込んでしまいました。申し訳ありません」

弥助は辞儀をしながら答えた。

「謝ることはない。おれも一段落《いちだんらく》したので昼寝をしていたのだ」

藤丸は言い、伸びをしながら大欠伸《あくび》をした。

「ときに、間もなく婿殿が奉行職を継ぐが、それを機に屋敷を出ようかと思っている」

「そうなのですか。当てはあるのでしょうか」

「ああ、花乃屋の近くに空き家があるようだ。明日にも見に行って、気に入れば借りようかと思う。近くだから、お前も何かと顔を見せてくれるか」

「はい、伊三郎様も毎日お城でしょうから、日に一度は出向きます」

「そうしてくれ。あ、それから、お前もそろそろ嫁でも欲しいだろうが、花乃屋の花江はおれが狙っているからな」

「は、はあ……、決して出し抜くようなことは……」

「あはは、冗談だ。まあお前の行く末は、婿殿が真剣に考えてくれるだろう」

藤丸は笑って言い、やがて弥助は母屋に入って自分の部屋に戻った。

吉村家にいた頃と違い、この永江家では奉公人も多いので、庭掃除や薪《まき》割りなどは手が足り、弥助がすることはない。

伊三郎も、すっかり二千石の暮らしが板に付き、あとは正式に奉行職を継ぎ、志乃に子を産ませることに専念するのだろう。

だから弥助も、しばらくは藤丸についていようと思った。

藤丸は、武士の暮らしにはない面白さを求めているので、弥助にとっても色々と刺激的だった。

そして弥助は久々に触れた女体、佐枝の匂いや感触を思い出し、急いで手すさびをしてしまったのだった。

第三章　小町娘の無垢《むく》な好奇心

一

「叔父上《おじうえ》、本当に屋敷を出られるのですか」

永江家の娘婿《むすめむこ》、伊三郎が藤丸に言った。なかなか良い男で、吉日の今日、正式に小普請奉行《こぶしんぶぎょう》を継いだのである。

昼前に伊三郎は主膳とともに登城して、引き継ぎの報告をし、昼には屋敷に戻って宴会となった。多くのお偉方《えらがた》が祝いに参上していたので、藤丸は遠慮して離れにいたが、来客も全て帰り、藤丸と弥助も呼ばれて座敷で酒肴《しゅこう》を振る舞われたのである。

藤丸も、こうして母屋《おもや》で飲食するなど実に久しぶりのことであった。

「ええ、あてがあるので明日にも出ようかと思います」

「左様《さよう》ですか」

伊三郎が答えると、片付けものをしていた美津が少し寂しげな表情を見せた。

やがて藤丸と弥助が余り物を平らげると、主膳と伊三郎はすっかり酔い、志乃に介抱《かいほう》されながら寝所へと下がっていった。

「せっかくお湯を沸《わ》かしておいたのに、二人ともあんなに酔ってしまって」

美津が嘆息《たんそく》して言う。

「ああ、今日ばかりは仕方がないでしょう」

藤丸も答えて盃《さかずき》を干し、立ち上がろうとした。

「ずっと居てくださって構いませんのに……」

「いえ、離れは兄上が隠居所に使うでしょう。私も気ままな暮らしをしたいと思いますので」

「そう……、じゃせめて今日はお湯を使って下さいませ」

美津に言われ、藤丸も湯殿を借りた。

糠《ぬか》袋で身体を擦《こす》って湯に浸《つ》かり、さっぱりしてから美津に挨拶《あいさつ》をし、離れへ引き上げていった。

（明日は朝から片付けと引っ越しだな……）

藤丸は思い、今夜は寝ることにした。

すると間もなくして、美津が入ってきたのである。期待していた藤丸は、激しく勃起してきた。

「旦那様《だんなさま》と伊三郎さんは、もう朝まで起きないでしょう。いま志乃がお湯を使っていますので、ほんの四半刻（約三十分）ぐらいなら……」

「ええ……」

美津が帯を解きながら言うので、藤丸も答えて脱ぎはじめた。

「本当に明日？」

「はい、花乃屋の近くにある一軒家です」

「明日、お手伝いして場所を覚えます。昼間にでも、行けるときがあるかもしれません」

美津が、みるみる白い熟《う》れ肌を露《あら》わにしながら言う。確かに彼女にしてみても多くの人がいる屋敷内よりも、自分から藤丸の一軒家を訪ねる方が気が楽かも知れない。

やがて美津が一糸《いっし》まとわぬ姿になって布団《ふとん》に横たわったので、全裸になって藤丸も迫っていった。まずは彼女の足に屈《かが》み込み、足裏に舌を這《は》わせて指の股《また》に鼻を押し付けて嗅《か》いだ。

「あう、そんなところから……」

美津がビクリと反応して呻いた。

まだ入浴前だし、今日は朝から宴席の仕度《したく》で動き回っていたため、足指の股は前の時より蒸《む》れた匂いが濃厚に沁《し》み付き、彼は悩ましく鼻腔《びこう》を刺激されながら、爪先《つまさき》にしゃぶり付いて汗と脂《あぶら》の湿り気を貪《むさぼ》った。

そして両足とも味と匂いを貪ってから股を開かせ、脚の内側を舐《な》め上げて股間へと進んでいった。

ムッチリとした滑《なめ》らかな内腿《もも》に舌を這わせ、陰戸に迫るとそこはすでにネットリとした大量の蜜汁《みつ》にまみれていた。

指で陰唇を広げると、志乃が生まれ出てきた膣口が妖《あや》しく息づいていた。その志乃も、今日から正式に小普請奉行の奥方になったのである。

藤丸は恥毛に鼻を擦りつけ、隅々《すみずみ》に籠《こ》もる生ぬるい汗とゆばりの匂いで胸を満たし、柔肉《やわにく》に舌を挿し入れていった。

淡い酸味のヌメリを掻《か》き回し、膣口からオサネまで舐め上げていくと、

「アアッ……！」

美津が羞恥《しゅうち》と快感に喘《あえ》ぎ、内腿できつく彼の顔を挟《はさ》み付けてきた。

藤丸も豊満な腰を抱え込んでチロチロと舌を這わせては、新たに溢《あふ》れる淫水をすすった。

さらに両脚を浮かせ、豊かな尻の谷間にも鼻を埋め込み、蕾《つぼみ》に籠もる悩ましい匂いを嗅いでから舌を這わせ、ヌルッと潜《もぐ》り込ませた。

「く……、そ、そこは駄目……」

美津が呻き、キュッと肛門で舌先を締め付けた。

藤丸は滑らかな粘膜を探り、再び脚を下ろして陰戸を舐めると、やがて身を起こして彼女の熟れ肌を這い上がっていった。

「失礼、姉上様、跨《また》ぎますよ」

彼は言うなり胸に跨がり、激しく勃起した一物を豊かな乳房の谷間に押し付けた。すると美津も、すぐに両側から手で挟み付け、脈打つ肉棒を心地よく揉《も》んでくれた。

「ああ……、いい気持ち……」

美津が喘ぎ、さらに顔を上げて舌を伸ばしてきた。

藤丸も前に両手を突いて股間を突き出し、先端を兄嫁の口に押し付けた。

「ンン……」

美津は粘液《ねんえき》の滲《にじ》む鈴口を舐め回し、スッポリと呑《の》み込んで呻《うめ》いた。

幹を締め付けて吸い、熱い息が股間に籠もり、舌がからみついて、たちまち肉棒は兄嫁の生温かな唾液《だえき》にまみれて震えた。

「アア……」

藤丸は快感に喘ぎ、まるで口と情交するようにスポスポと出し入れさせ、美津も懸命に吸引と摩擦、舌の蠢《うごめ》きを繰り返してくれた。

「ああ……、い、入れて……」

美津が待ちきれないように口を離してせがむと、藤丸も股間を浮かせ、再び彼女の股の間に戻っていった。

そして唾液に濡れた先端を膣口に押し当て、感触を味わいながらゆっくりと根元まで挿入した。

「あう……、すごい……！」

ヌルヌルッと押し込むと、美津がビクッと顔を仰《の》け反《ぞ》らせて喘いだ。

彼も肉襞の摩擦と温もり、ヌメリと締め付けを味わいながら股間を密着させ、脚を伸ばして身を重ねていった。

屈み込んで乳首に吸い付き、舌で転がしながら顔中で膨《ふく》らみを味わった。

動かなくても、息づくような収縮が一物を刺激し、やがて少しずつ突き動かすと、美津もズンズンと股間を突き上げはじめた。

藤丸は左右の乳首を順々に含んで舐め回し、さらに腋の下にも鼻を埋め込み、湿った腋《わき》毛に籠もる甘ったるい汗の匂いに噎《む》せ返った。

「アア……、もっと突いて……」

美津がせがみ、両手を回してシッカリとしがみついてきた。

充分に嗅いでから藤丸も次第に勢いを付けて腰を遣い、上からピッタリと唇《くちびる》を重ねていった。

「ンンッ……！」

美津が熱く鼻を鳴らし、挿し入れた彼の舌にチュッと吸い付きながらからみつけてきた。彼も生温かく滑らかな唾液に濡れた舌を探り、心地よい摩擦にジワジワと高まっていった。

「い、いきそう……！」

美津が唇を離して喘ぐと、彼は口に鼻を押し付け、熱く湿り気ある息で胸を満たした。今日は美津も少し飲んだので、酒の香気と彼女本来の白粉《おしろい》に似た息の匂いが鼻腔を刺激してきた。

「いっちゃう……、すごいわ、アアーッ……！」

たちまち美津が気を遣《や》り、声を上ずらせてガクガクと狂おしく腰を跳《は》ね上げはじめた。

膣内の収縮も最高潮になり、続いて藤丸も昇り詰めた。

「く……！」

突き上がる大きな絶頂の快感に呻きながら、ありったけの熱い精汁をドクンドクンと内部にほとばしらせ、深い部分を直撃した。

「ヒッ……、か、感じる……！」

噴出を受け止め、彼女は駄目押しの快感を得て声を洩《も》らし、さらにキュッキュッときつく締め付けてきた。

彼は股間をぶつけるように突き動かし、ピチャクチャと淫《みだ》らな摩擦音を響かせながら、心置きなく最後の一滴まで出し尽くしていった。

やがて満足し、動きを弱めながら豊満な熟れ肌に身を預けていくと、

「ああ……」

美津も精根尽き果てたように声を洩らし、強《こわ》ばりを解いてグッタリと身を投げ出していったのだった。

まだ収縮する膣内で彼はヒクヒクと幹《みき》を過敏に震わせ、美津の吐き出すかぐわしい息を間近に嗅ぎながら、うっとりと快感の余韻《よいん》を嚙《か》み締めた。

「決して、これきりにしないでくださいね……。藤丸さんは、いつまでも永江家の人なのですから……」

「ええ、もちろんです」

美津の言葉に答え、藤丸は呼吸を整えたのだった。

二

「弥助、では志乃さんに留守を頼んで、一緒に行きましょう」

美津が万年床の布団を干し、弥助に言った。

藤丸も離れの片付けと掃除を終え、絵や彫刻の道具をまとめ、紙束を風呂敷に包んだ。

主膳は残務整理に、伊三郎も新たな役職に就き登城していた。

「では、行きましょうか」

藤丸も弥助とともに荷を抱えて言い、三人で永江家の裏門を出た。

「最後ぐらい表門をお使いになればよろしいのに」

「とんでもない、姉上様。二十年も居候《いそうろう》させてもらったのですからね」

藤丸は言い、番町から内藤新宿へと向かった。

やがて四半刻ほどで、目当ての一軒家に着いた。登勢の紹介で、元は大店《おおだな》の隠居所だった仕舞《しも》た屋《や》を借りることがで来たのである。

竹垣に囲まれた瀟洒《しょうしゃ》な家で、中は六畳間と四畳半、納戸《なんど》と厠《かわや》、裏の井戸端には行水できるよう簀《す》の子に葦簀《よしず》が立てかけられていた。

すでに登勢が来てくれていたようで、一人分の布団と食器に鍋釜《なべかま》、竈《かまど》の脇の瓶《かめ》にも水が張られ、味噌《みそ》と醬油《しょうゆ》に七輪《しちりん》まで揃《そろ》えられていた。

家財道具などはないが、前に隠居が置いていったらしい長火鉢《ひばち》があり、火を絶やさず鉄瓶《てつびん》を乗せておけば、いつでも熱い茶が飲める。

「まあ、何から何まで……」

美津が、掃除も行き届いている部屋を見回して言った。登勢と面識はないが、密かな対抗心を燃やしたのかもしれない。

藤丸は布団と、着替えの入った行李《こうり》を四畳半に置き、仕事の道具は六畳間に置いた。

「さあ、あとは気ままに仕事の仕度をするので、弥助、姉上様をお屋敷まで送ってくれ。今日はもう良い」

「承知しました」

藤丸が言うと弥助が答え、土間で片付けをしていた美津も部屋に入って来た。

「これをどうぞ。旦那様から預かってきました」

美津が座して言い、懐中から紙包みを差し出してきた。あらためると、五両も入っていた。

「これは、頂けません」

「良いのですよ。決して手切れ金ではなく、今後とも何かあれば遠慮なく屋敷を訪ねるよう、くれぐれもよろしくとのことでした」

「左様ですか……。では、有難く頂戴《ちょうだい》しますので、どうか兄上によろしく」

藤丸は恭《うやうや》しく戴《いただ》き、やがて名残惜《なごりお》しげな美津もようやく腰を上げ、弥助とともに帰っていった。

（さあ、気ままな一人住まいだ……）

藤丸は一人になると床を敷き延べ、大の字になった。屋敷住まいの時は、武家寄りだった自分が、今日から町人に近づくのだ。

もう中途半端《はんぱ》な武家言葉を使うことはなく、どんな女をここへ連れ込もうと勝手である。

土産物の彫り物や役者絵からも手を引き、誰憚《はばか》ることなく春画《しゅんが》と張り型に専念すれば良いのだった。

と、そこへ登勢の娘、花江が訪ねて来た。

「わあ、もうお昼寝ですか」

「ああ、花江ちゃん。おっかさんが掃除に来てくれていたんだね。布団も鍋釜も全部揃っていて有難いよ。近々礼には行くけど、くれぐれもよろしくね」

「ええ、これお昼の稲荷寿司《いなりずし》よ」

花江が上がってきて言い、持ってきた経木《きょうぎ》の包みを置いた。

「有難う。助かるよ」

「これ、みんな藤丸さんが作っていたんですね。うちで売っているのは知っていたけれど」

藤丸が起き上がって言うと、花江は目ざとく春画や張り型を見つけて言った。

「あ……、駄目だよ、見ちゃ。お登勢さんは花江ちゃんに気づかれないようにしているんだから」

藤丸は慌てて言い、隠そうとしたが花江は驚きもせず見回していた。

「前から知ってたんです。店の奥の方にいやらしそうな大店の隠居たちが来ては、何か買っていたから」

花江が、ほんのり頬《ほお》を染めて言う。まあ十七ともなれば、そろそろ婿を取る話も出るだろうし、手習いの仲間と女同士で話し、男女のことや情交のことなどの知識も持っているのだろう。

「まあ、これ、藤丸さんのものですか」

また花江が見つけ、張り型を手にして言った。

「あ、ああ、自分のものを見て作るしかないからね……」

「でも春画と違って、これぐらいの大きさなら何とか入りそうだわ」

花江が、好奇心いっぱいに張り型を様々な角度から見たり、いじくり回しながら言った。

藤丸は、無垢《むく》な小町娘に自分の一物を愛撫《あいぶ》されているような気になり、ムクムクと勃起してきてしまった。

「何とかじゃなく、無理せず入るように出来てるんだよ」

「どうして？」

「それは、入れる前にあれこれすれば入りやすいように濡《ぬ》れてくるからね。自分でいじって、濡れることぐらいあるだろう？」

「あ、あるわ、たまに眠れないときとか……」

聞くと、花江がモジモジしながらも正直に答えた。

「そのとき濡れるだろう？　気持ち良くなっていくこともある？」

「いくというのはよく分からないけど、何かがモヤモヤして近づいて来る感じは何度かあるわ……」

「じゃ、少し舐めれば、すぐにいくかもしれないね」

「な、舐めるって、こんなふうに？」

花江が、女が陰戸を舐められて喘いでいる春画を指して言った。

「うん」

「舐めるなんて、絵の中だけのことじゃなくて……？」

「実際にするよ。誰でもみんな」

「ゆばりを出すところなのに？」

「ああ、舐められたら気持ち良いと思うだろう？」

「思うけれど、死ぬほど恥ずかしいわ……」

花江が言い、藤丸は無垢な娘とこんな会話を交《か》わしているだけで、下帯の中で痛いほど勃起してきてしまった。

「舐めてあげようか」

「う、うん……、藤丸さんも、こんな作り物じゃなく本物を見せて……」

言うと、花江も緊張しながら答え、張り型を隅に置いてこちらに来た。

「じゃ一緒に脱ごうね。でもお登勢さんには絶対に内緒だよ」

「ええ……」

花江は頷《うなず》き、彼が帯を解きはじめるのを見てから、自分も立ち上がって帯を解きはじめてくれた。

（ああ、初めての生娘《きむすめ》だ……）

藤丸は期待に胸を高鳴らせ、着物を脱ぎ下帯を取り去った。一回り以上も年下の、清らかな小町娘に触れられるなど夢のようだった。

弥助と美津は帰ったし、登勢も店があるから、他に誰かいきなり訪ねてくるようなものはいない。

やがて全裸になった藤丸は布団に仰向《あおむ》けになり、勃起した一物を晒《さら》した。

花江も全て脱ぎ去り、一糸まとわぬ姿で近づいてきた。

「すごい、張り型そっくり……」

花江は、真っ先に彼の股間に顔を寄せて言い、藤丸は一物に無垢《むく》な熱い視線と息を感じただけでヒクヒクと幹を震わせた。

「動いているわ。触ってもいい？」

「うん、好きなようにして……」

大股開きになって言うと、花江も素直に腹這って目を凝《こ》らした。

そろそろと指を伸ばして幹に触れ、張り詰めた亀頭をいじり、やんわりと手のひらに包み込んで感触を確かめるようにニギニギと動かした。

「ああ、気持ちいい……」

藤丸は、無垢な手のひらの中でヒクヒク震えながら喘いだ。花江の手のひらはほんのり汗ばんで生温かく、実に柔らかだった。

「温かいわ。それにぴくぴく動いて何か生き物みたい……」

花江が感想を述べながら、さらにふぐりにも触れて二つの睾丸《こうがん》を確認し、袋をつまみ上げて肛門の方まで覗《のぞ》き込んできた。

そして再び肉棒に指を戻したが、いったん触れると度胸がついたのか、次第に慣れたようにいじり回してきた。

「先っぽが濡れてきたわ。これが精汁？」

「ううん、それは気持ち良いときに出る女の淫水と同じようなもので、精汁はもっと勢いよく飛び散って白っぽいんだ」

「そうなの……」

「少しでいいから舐めて……」

「ううん、どうしようかな。先に、藤丸さんがして……」

花江はためらい、指を離して添い寝してきたのだった。藤丸も焦らず、まずは彼女を仰向けにさせ、薄桃色の乳首にチュッと吸い付いていった。

三

「あん、くすぐったいわ……」

花江がビクッと反応して喘ぎ、甘ったるい汗の匂いを揺らめかせた。

藤丸は舌で転がしながら、母親の登勢に似て豊かになりそうな兆《きざ》しの見える膨らみに顔中を押し付けた。まだ柔らかさより、張りと弾力の方が強く感じられ、相当に感じやすいようだった。

彼は左右の乳首を順番に含んで舐め回し、さらにジットリ汗ばんだ腋の下にも鼻を埋め込んで嗅いだ。

「あう、駄目……」

淡い和毛《にこげ》に鼻を擦りつけ、少し舐めただけで花江は堪《こら》えられなくなったように呻き、クネクネと身をよじった。

藤丸も甘ったるい汗の匂いを胸いっぱいに吸い込んでから、滑らかな生娘の肌を舐め降り、愛らしい臍《へそ》を探り、張りのある腹部に顔中を押し付けて弾力を味わった。

腰骨を舐めても、

「そこ駄目……！」

花江はじっとしていられないようにもがいて言い、彼も諦《あきら》めてムッチリした太腿を舐め降りていった。

スベスベの脚をたどって足首まで行き、足裏に回り込んで踵《かかと》から土踏まずを舐め回し、指の間に鼻を割り込ませて嗅いだ。

やはりそこは汗と脂《あぶら》に生温かく湿って、ムレムレの匂いが悩ましく濃厚に沁み付いていた。

藤丸は美少女の足の匂いを貪り、充分に鼻腔を刺激されてから爪先にしゃぶり付き、順々に指の間に舌を挿し入れて味わった。

「あん……、やめて、お願い……」

花江が腰をクネクネさせて拒《こば》み、藤丸も両足の味と匂いを少し味わっただけで顔を上げた。

「じゃ、うつ伏せになってね」

言うと、花江も素直にゴロリとうつ伏せになった。

藤丸は彼女の踵から脹《ふく》ら脛《はぎ》、汗ばんだヒカガミを舌でたどり、太腿から尻の丸み、腰から背中を舐め上げていった。

「アアッ……!」

滑らかで淡い汗の味のする背中も、相当に感じるようで、花江は顔を伏せて喘いだ。

藤丸は肩まで行くと、髪の香油を嗅いで耳の裏側の汗ばんだ匂いも嗅ぎ、うなじを舐め、再び舌でたどって尻に戻ってきた。

うつ伏せのまま股を開かせて、両脚の真ん中に腹這い、目の前に迫る白桃のような尻を眺め、指でムッチリと谷間を開いた。

奥には、薄桃色の可憐《かれん》な蕾がひっそりと閉じられ、鼻を埋めると顔中に弾力ある双丘が密着した。

蕾にはやはり汗の匂いに混じり、秘めやかな微香が悩ましく籠もり、彼は貪り嗅ぎながら激しく興奮を高めた。そしてチロチロと舐めて細かな襞《ひだ》を濡らし、ヌルッと潜り込ませて粘膜を探ると、

「あう……、駄目、変な感じ……」

花江が呻き、キュッときつく肛門で舌先を締め付けてきた。

藤丸は構わず中で舌を蠢かせ、充分に味わってからようやく顔を上げ、再び彼女を仰向けにさせた。

片方の脚をくぐって股間に顔を進ませると、目の前に無垢で可憐な陰戸が迫っていた。

ぷっくりした丘には、楚々《そそ》とした恥毛が淡く煙《けぶ》り、割れ目からはみ出した花びらが露《つゆ》を宿して羞恥《しゅうち》に震えていた。

そっと指を当て、小振りの陰唇を左右に広げると、

「く……！」

触れられた花江が息を詰めて呻き、中の柔肉を緊張させた。

無垢な膣口は花弁状の襞を入り組ませて息づき、ポツンとした小さな尿口の小穴もはっきり見え、包皮の下からは小粒のオサネも顔を覗かせ、可憐な光沢を放っていた。

「綺麗だよ、とっても」

「そ、そんなに見ないで……」

うっとりと見惚《みほ》れて藤丸が言うと、彼女は熱い視線と息を感じ、羞恥に声を震わせた。

彼も堪《たま》らずに顔を埋め込み、淡い茂みに鼻を擦りつけて嗅いだ。

汗とゆばりの匂いが悩ましく鼻腔を掻き回し、それに生娘の恥垢の刺激も混じって胸に沁み込んできた。

(これが、生娘の匂い……)

藤丸は感激と興奮の中で思い、匂いを貪りながら舌を這わせていった。

生ぬるく溢れるヌメリは大人の女と同じ淡い酸味を含み、すぐにも舌の動きが滑らかになった。

やはり登勢に似て、そうとうに淫水の多いたちらしく、舐めるたびに潤《うるお》いが増していくようだった。

舌を挿し入れて無垢な膣口をクチュクチュ掻き回し、滑らかな柔肉をたどってオサネまで舐め上げていくと、

「アアッ……！」

花江が身を反らせて喘ぎ、内腿でムッチリと彼の両頬を挟み付けてきた。

藤丸も腰を抱えてチロチロとオサネを舐め回しては、新たに溢れる淫水をすすった。

「気持ちいいかい？」

「わ、分からないわ……、恥ずかしくて、わけが分からなくて……」

股間から聞くと、花江が自身に芽生《めば》えた感覚を探りながら小さく答えた。

さらにオサネを舐めながら、指で無垢な膣口を探り、充分にヌメリを与えてから、そろそろと潜り込ませていった。

多少きついが指一本なら、潤いに合わせてズブズブと入っていった。

小刻みに内壁を擦り、深く入れて天井を探り、なおもオサネを舐めたり吸ったりしていると、

「き、気持ちいいわ……、あぁーッ……！」

たちまち花江が声を上ずらせ、ガクガクと狂おしく腰を跳ね上げた。

どうやら舌と指で気を遣ってしまったらしい。

「も、もういいわ……、変になっちゃう……、もう止めて……！」

刺激に堪えられず、花江が腰をよじって哀願《あいがん》した。やはり気を遣った直後は過敏になり、それ以上触れられたくないのだろう。

藤丸もようやく舌を引っ込め、ヌルッと指を引き抜いて股間を離れ、彼女に添い寝していった。

「アア……」

花江が荒い呼吸を繰り返し、もう刺激されていないのにビクッと肌を震わせて喘いでいた。

「気持ち良かったろう？」

「え。ええ……、すごかったわ……、嵐に吹き飛ばされたみたい……」

囁《ささや》くと、徐々に花江も自分を取り戻しながら、初めて覚えた大きな快感に慄《おのの》くように肌を震わせていた。

「舐められるより、入れた方がもっと気持ち良くなるからね」

「でも、最初は痛いって聞くけれど……」

「それは、誰もが通る道だからね、それを越えないと本当に気持ち良くはなれないから。ね、入れてみる?」

「ええ……」

言うと花江は答え、朦朧《もうろう》としながらも体験する気になったようだ。

「じゃ、また舐めて濡らして」

言いながら仰向けになると、花江もノロノロと顔を移動させ、彼の股間に熱い息を籠もらせながら、パクッと亀頭を含んで吸い、チロチロと舌をからませはじめてくれた。

「ああ、気持ちいいよ。深く入れて……」

言うと、花江も小さな口を精一杯開いて肉棒を深々と呑み込み、上気した頬に笑窪を浮かべて吸い付いた。

生温かく濡れた生娘の口に根元近くまで呑み込まれ、彼自身は清らかな唾液にまみれながらヒクヒクと震えた。

小刻みに股間を突き上げると、

「ンンッ……!」

喉の奥に触れられて花江が呻き、さらにたっぷりと唾液を溢れさせてくれた。

藤丸も充分すぎるほど高まったので、やがて彼女に口を離させた。

「じゃ、跨いで入れてごらん。上なら、嫌だったらすぐ止められるからね」

言うと彼女も身を起こし、そろそろと肉棒に跨がってきた。

そして唾液に濡れた先端に、淫水の溢れている割れ目を擦りつけて位置を定めると、意を決してゆっくり腰を沈み込ませていった。

張り詰めた亀頭が潜り込むと、あとは重みとヌメリに助けられ、ヌルヌルッと滑らかに根元まで入っていったのだった。

四

「ああッ……！」

完全に座り込んだ花江は、眉《まゆ》をひそめて喘ぎ、ピッタリと股間を密着させてきた。まるで真下から短い杭《くい》に貫《つらぬ》かれ、全身が硬直して呼吸すらままならないようだった。

藤丸も、肉襞の摩擦と潤い、熱いほどの温もりときつい締め付けに包まれ、すぐにも果てそうになってしまった。

やはり肉体の快感以上に、生娘を頂いたという感激が大きいのだろう。

それに耐えて長引かせても、初回から気を遣ることはないだろうから、我慢せず早く終えた方が良いかもしれない。

藤丸が、身を強ばらせている花江に両手を回して抱き寄せると、彼女も破瓜《はか》の痛みに奥歯を噛み締めながら、ゆっくりと身を重ねてきた。

下から抱き留め、唇を重ねるとぷっくりした弾力とほのかな唾液の湿り気が伝わってきた。

舌を挿し入れて滑らかな歯並びを舐め回すと、可憐な八重歯に触れた。

引き締まった桃色の歯茎《はぐき》まで探ると、ようやく歯が開かれてオズオズと彼女の舌が触れてきた。

生温かな唾液のヌメリを味わいながらからみつけると、次第に花江の舌もチロチロと蠢いた。

味わいながら小刻みにズンズンと股間を突き上げると、

「アアッ……」

花江が口を離し、熱く喘いだ。

「大丈夫？　すぐ済むからね」

「ええ……」

囁くと、彼女も健気《けなげ》に答えた。

気遣いながらも、いったん動きはじめるとあまりの快感に突き上げが止まらなくなり、藤丸はきつい締め付けと肉襞の摩擦で急激に高まってきた。

彼女の喘ぐ口に鼻を押し込んで嗅ぐと、熱く湿り気ある息が、果実でも食べた直後のように甘酸っぱい芳香《ほうこう》を放ち、悩ましく鼻腔を刺激した。

「ああ、なんていい匂い……」

藤丸は美少女の口の匂いに絶頂を迫らせ、そのまま激しく摩擦しながら、あっという間に果ててしまった。

「く……！」

溶けてしまいそうに大きな快感に全身を貫かれて呻き、彼は熱い大量の精汁をドクンドクンと勢いよくほとばしらせた。

中に満ちる精汁で、さらに動きがヌラヌラと滑らかになり、藤丸は心ゆくまで快感を嚙み締め、最後の一滴まで出し尽くしてしまった。

「ああ、気持ち良かったよ、有難う……」

藤丸は感謝と快感の中で心から言い、突き上げを止めて満足げに身を投げ出していった。

　すると花江も、痛みは麻痺《まひ》したように、いつしか強ばりを解いてグッタリともたれかかってきた。

　完全に動きを止めても、まだ膣内は異物を確かめるようにキュッキュッと締まり、その刺激に射精直後の一物がヒクヒクと過敏に内部で跳ね上がった。

　そして彼は、小町娘の吐き出す果実臭の息を胸いっぱいに嗅ぎながら、うっとりと快感の余韻を味わったのだった。

「やっと大人になったのね……」

　花江が荒い息遣いとともに言い、後悔している様子はないので藤丸もほっとしたものだった。

　やがて彼女がそろそろと股間を引き離し、ゴロリと横になったので、藤丸は身を起こして生娘でなくなったばかりの陰戸を観察した。

　小振《こぶ》りの陰唇が痛々しくめくれ、膣口から逆流する精汁に、僅《わず》かに血の色が走っていた。

　その色は鮮烈だが、大した量ではなくすでに止まっているようだ。

「じゃ、井戸端で身体を流そうね」

　引っ越したばかりで紙も見当たらず、彼は言って支え起こした。

手拭《てぬぐ》いを持って全裸のまま勝手口から外へ出て、井戸水を汲《く》んだ。葦簀が立てであるから、外を通る人に見られることもない。

身体を流し、互いの股間を洗うと、また藤丸は美少女の瑞々《みずみず》しい肌にムクムクと勃起してきてしまった。

「こうして……」

彼は簀の子に座って言い、目の前に花江を立たせると、片方の足を浮かせて井戸のふちに乗せさせた。

そして股間に顔を埋め、

「ゆばりを出して……」

思わず言ってしまった。

「そ、そんなこと、無理よ……」

「ほんの少しでいいから」

花江が尻込みして答えたが、彼は言いながら割れ目を舐め回した。

濡れた恥毛に鼻を擦りつけて嗅いだが、もう濃かった匂いは洗い流されてしまったが、舐めると新たな淫水が溢れて舌の動きが滑らかになった。

そしてオサネに吸い付くと、

「あん……、吸ったら、本当に出ちゃいそう……」

どうやら尿意が高まったように、花江が言って身を強ばらせた。

なおも舐めていると彼女はガクガクと膝《ひざ》を震わせ、柔肉が迫《せ》り出すように盛り上がり、温もりと味わいが変化してきた。

「あう、駄目、出るわ……」

彼女が息を詰めて言うなり、チョロチョロと熱い流れがほとばしってきた。

それを口に受け止め、藤丸は嬉々《きき》としながら味わった。味も匂いも実に控えめで清らかなため、飲み込んでも何の抵抗もなかった。

それでも勢いが増すと、口から溢れた分が温かく胸から腹に伝い流れ、すっかりピンピンに回復した一物が心地よく浸《ひた》された。

やがて急に勢いが衰《おとろ》えると、彼女がプルンと下腹を震わせて、放尿が治まってしまった。

藤丸は残り香の中で余りの雫《しずく》をすすり、割れ目を舐め回した。

すると新たな淫水が溢れ、淡い酸味のヌメリが内部に満ちていった。

「も、もう駄目……」

花江が言って脚を下ろし、力尽きたようにクタクタと座り込んできた。

それを抱き留め、藤丸はもう一度彼女の割れ目を洗い流してやり、互いの身体を拭いた。

そして支えながら部屋に戻ると、再び布団に添い寝した。

「またこんなに勃っているの……？　でも今日は、もう入れるのは堪忍《かんにん》……」

花江が勃起に気づいて言った。

「うん、じゃ指でしてね」

藤丸は仰向けになって、添い寝した花江に握ってもらった。

彼女もニギニギと無心に愛撫してくれ、藤丸は再び唇を重ね、美少女の唾液と吐息を吸収した。

「唾を出して、いっぱい」

囁くと、花江も懸命に唾液を口に溜め、愛らしい唇をすぼめてトロトロと吐き出してくれた。

白っぽく小泡の多い粘液を舌に受けて味わい、うっとりと喉を潤した。

「ああ、美味《おい》しいよ、とっても……」

「味なんかないでしょう……」

花江が不思議そうに言い、その間も一物を指で刺激してくれた。

「顔中も唾でヌルヌルにして……」

さらにせがむと、花江も嫌がらす彼の鼻筋を舐めてくれた。さらに垂らした唾液を舌で顔中に塗り付け、たちまち藤丸は清らかな唾液にまみれ、甘酸っぱい匂いに包まれて高まった。

「ね、お口でして……」

言うと花江も、すぐに顔を移動させ、先端を舐め回し、スッポリと呑み込んでくれた。

彼がズンズンと小刻みに股間を突き上げると、花江も合わせて顔を上下させ、可憐な口でスポスポと強烈な摩擦を繰り返してくれたのだ。

「い、いく……、お願い、飲んで……」

たちまち絶頂の快感に貫かれながら口走り、同時にドクンドクンと彼はありったけの熱い精汁を花江の口の中にほとばしらせてしまった。

「ク……、ンン……」

喉《のど》の奥を直撃され、花江は驚いたように呻きながらも、熱い噴出を口に受け止めてくれた。なおも摩擦と舌の蠢きの中で、彼は心置きなく最後の一滴まで出し尽くした。

何という快感であろう。射精の感覚以上に、清らかな美少女の清潔な口を汚すという禁断の快感が湧いた。

彼がグッタリすると、花江も摩擦を止め、亀頭を含んだまま口に溜まった精汁をコクンと飲み込んでくれたのだ。

「あう……」

飲み込まれると同時に口腔がキュッと締まり、彼は駄目押しの快感に呻いた。

ようやく彼女もチュパッと口を離し、余りをしごくようにニギニギと動かし、鈴口に脹らむ白濁の雫を観察し、丁寧に舐め取ってくれたのだった。

「あうう、も、もういい、有難う……」

藤丸は過敏に反応しながら呻き、やっと彼女も舌を引っ込めて添い寝してきたので、彼は甘えるように腕枕してもらった。

「生臭いわ……、これが子種なのね……」

花江も残り香の中で唇を舐め、大仕事を終えたように息を荒げて言ったが、その吐息に精汁の生臭さは感じられず、さっきと同じく可愛らしく甘酸っぱい匂いがしていた。

藤丸は果実臭の息を嗅ぎながら、うっとりと余韻を噛み締めたのだった。

五

「弥助、いいかしら……」

夜半、何と弥助の三畳間に、若奥方の志乃が入って来たのである。

「わ、お嬢様、いえ、奥方様……」

寝ようとしていた弥助は驚いて飛び起き、畏《かしこ》まって正座した。

もう今日のうちに主膳と美津は、藤丸が明け渡した隠居所に寝るようになり、母屋の屋敷は伊三郎と志乃のものになったのだ。

しかし伊三郎は、小普請奉行を継いだ矢先の宿直《とのい》だった。

もともと志乃の淫気が並外れて激しいことは弥助も知っていた。そうした意図で入ってきたのだろうか。

寝巻姿の志乃も、近々と身を寄せて布団に座ってきた。丸髷《まげ》に結い、眉を剃《そ》りお歯黒を塗った新妻の風情《ふぜい》が、やはり娘時代とは違う艶《なま》めかしい雰囲気を出していた。

しかし、彼女は弥助にとって主人の奥方である。

「まず、弥助に謝らなければなりません」

「な、何をでしょう……」

「私たちの婚儀が半年遅れたことで、お前の婚儀が破談になったことです」

志乃が言ったが、それはもう弥助の中で納得していることである。

「それは、先方の事情ですので、お二方のせいではありません……」

「そう、旦那様とも話したのだけれど、お前にも良い嫁を探さなければなりません。でも……、その前に、淫気が溜まっているでしょう」

志乃が顔を寄せて囁いた。

淫気が溜まっているのは、志乃の方であろう。伊三郎も、新たに大きな役職に就《つ》き、覚えなければならないことが山ほどあり、とても志乃を抱くような余裕はないに違いない。

その志乃の淫気が極限に達し、両親が離れに引っ込んで伊三郎が留守をした途端、一気に弥助に向けて放たれたようだった。

「さあ、お脱ぎなさい。慰《なぐさ》めて差し上げます」

「い、いえ、いつも自分一人で致しておりますので。奥方様は何もなさらないでください……」

さすがに淫気の強い弥助も、志乃に触れられるのは畏れ多かった。娘時代ならともかく、今は正式に伊三郎の妻なのである。

「そう、一人でどのように？　して見せてごらんなさい」

志乃は執拗《しつよう》に迫って言い、とうとう彼の寝巻の帯を解きに掛かってきた。

「ああ……、こ、困ります……」

寝巻を脱がされ、横たえられながら弥助は声を震わせた。いつもの習慣で、寝るときは下帯も着けておらず、すぐにも一物が露《あら》わになった。しかし、あまりの緊張と畏れ多さに、一物は萎縮《いしゅく》していた。

「何が困るのです。これは夢ですよ。まあ、こんなに小さくなって……」

志乃は彼の股間を見てからかうかのように言い、それでもまだ触れてきたりはしなかった。

「私が恐い？」

「え、ええ……、というより、あまりにいけないことなので……」

「でも、勃《た》てばその気になるでしょう。女の肌を見れば大きくなるかしら」

志乃は言い、自分から帯を解いてサラリと寝巻を脱ぎ去ってしまった。そして彼女も、下には何も着けていなかった。

行燈《あんどん》は点《つ》けていないが、障子《しょうじ》越しに月光が射《さ》し、まして素破《すっぱ》の弥助は夜目《よめ》が利《き》くので、志乃の白く滑らかな肌、豊かな乳房や股間の翳《かげ》り、ムッチリした太腿まで見えてしまっていた。

「さあ、私を見て勃たせなさい。そして自分でして見せて」

「で、出来ません。どうかお許しを……」

「お前、私の言うことがきけないの?」

志乃は静かに言いながら添い寝し、彼の耳に熱い息を吐きかけてきた。さらに耳たぶをキュッと噛み、耳の穴にまで舌を這わせてきたではないか。

「ああ……、ど、どうか……」

「さあ、いつものように自分で握って」

志乃が囁き、弥助は肩をすくめながら、ようやく右手を股間に這わせ萎《な》えた一物を握りしめた。

「動かして、いつも自分でしているように」

志乃が、彼の耳を舐めながら甘く囁いた。

弥助も、夢でも見ているように朦朧としながら、二十歳《はたち》になる新妻の匂いに包まれた。

今日は伊三郎が宿直でもあるし、そう毎晩風呂は沸かさないので、志乃の肌からはごく自然な甘い汗の匂いが漂っていた。

動かすうち、次第に萎えていた肉棒も否応《いやおう》なくムクムクと鎌首を持ち上げはじめた。いかに多くの術を身に付けている素破でも、相手が相手だけに自身の肉体がままならなかった。

「少しずつ勃ってきたわね。もっと強くしごきなさい」

志乃が、白粉のように甘い匂いを含んだ吐息で囁き、とうとう弥助自身はピンピンに勃起してしまったのだった。

「どれ、焦《じ》れったいわ。手をどかせて」

志乃が言い、彼の手を払いのけると、しなやかな指先で肉棒に触れてきた。

「ああ……」

やんわりと握られ、弥助は奥方の柔らかな手のひらの中でヒクヒクと幹を震わせて喘いだ。

「硬くなってきたわ。嬉しい。やっぱり私を嫌いではないのね」

志乃は言い、とうとう腕枕しながら、豊かな胸の膨らみを彼の顔にキュッと押し付けてきたのである。

「吸って……」

囁かれ、弥助も口に押し付けられた乳首をチュッと含んでしまった。

「アア……、いい気持ちよ、もっと強く……」

志乃も熱く喘ぎ、クネクネと身悶《みもだ》えはじめた。

そして彼の一物から手を離すと、上から身を重ねてのしかかり、左右の乳首を交互に含ませてきたのだ。

弥助も、甘ったるい体臭と柔らかな感触に酔いしれ、半ば無意識に乳首を舐め回し、執拗《しつよう》に吸いはじめた。

胸元と腋からは濃厚な汗の匂いが漂い、さらに彼女の興奮と快感の高まりにつれて、噎せるほどに濃くなってきた。

「ああ、もう我慢できないわ。陰戸を舐めてくれる?」

「は、はい……、私からは出来ませんので、顔に跨がってくださいませ……」

志乃が大胆に言うと弥助も答え、彼女はすぐにも身を起こして前進し、彼の顔に跨がってきた。

顔の左右で白い内腿がムッチリと開かれ、すでに蜜汁にまみれた割れ目が彼の鼻と口に密着してきた。

弥助は柔らかな恥毛に鼻を埋め、生ぬるい汗とゆばりの匂いで鼻腔を刺激されながら、割れ目に舌を挿し入れていった。

淡い酸味のヌメリを掻き回し、膣口の襞からオサネまで舐め上げていくと、

「アアッ……、いい気持ち……、もっと強く吸って……」

志乃は声を上ずらせて言い、グイグイと彼の顔に股間を擦り付けてきた。

たちまち弥助の顔面は大量の淫水でヌルヌルになり、彼も懸命にオサネを吸いながら艶めかしい匂いに噎せ返った。

すると志乃が、彼の顔に股間を密着させたまま身を反転させ、女上位の二つ巴《どもえ》で屈み込み、一物にしゃぶり付いてきたのである。

「く……！」

スッポリと根元まで含まれ、弥助は妖しい快感に呻いた。

彼女も熱い鼻息でふぐりをくすぐりながら強く吸い付き、ネットリと舌をからませてきた。

弥助も腰を抱えてオサネを舐め、さらに自分から伸び上がり、尻の谷間の蕾に鼻を埋め、鼻腔を嗅いでから舌を這わせ、ヌルッと潜り込ませた。

「ンンッ……！」

志乃も呻きながら肉棒を吸い、肛門で舌先を締め付けてきた。

もう弥助も我を忘れて志乃の前も後ろも舐め回し、唾液にまみれた肉棒を彼女の口の中で最大限に膨張させてしまった。

しかし、そのとき弥助は、素破の本能で異常な気配を察し、思わず身を強ばらせたのだった。

第四章　女二人に挟まれて昇天

一

「い、いっちゃう……、アアーッ……！」

二つ巴《どもえ》で弥助の上になっていた志乃が、一物から口を離して喘《あえ》ぎ、ガクガクと身を震わせて気を遣《や》ってしまった。

どうやら相当に欲求が溜まっていたらしく、舐《な》められただけで果ててしまったらしい。

弥助も溢《あふ》れる淫水をすすり、志乃の味と匂いを堪能《たんのう》しながら、自分は絶頂を堪《こら》えて外の気配に耳をそばだてていた。

「も、もういい……、少し放っておいて……」

志乃が彼の顔から股間を引き離し、ゴロリと横になってしまった。しばらくは全身が射精直後の亀頭のように過敏になり、触れられたくないようだ。

「で、では私は厠《かわや》に行って参ります。お待ちを」

「お願い、戻ったらゆっくり入れて……」

「分かりました」

身を起こした弥助は、グッタリと身を投げ出して息を弾《はず》ませている志乃に言い置き、手早く寝巻を羽織《はお》って帯を締めながら部屋を出た。

音も無く勝手口から外へ出ると、中天には煌々《こうこう》と照る満月。

不穏な気配は屋敷ではなく、塀の外だった。

と、折《おり》しも黒い影が塀《へい》に這《は》い上がってきた。さらにもう一人が、引っ張り上げられようとしていた。

(賊は二人か)

弥助もいち早く塀に飛び乗り、二人の方へ進んでいった。

黒装束《しょうぞく》の男も気づき、弥助に対峙《たいじ》した。もう一人は武士らしく、地味な軽装だが頭巾《ずきん》を被っていた。

しかし体型からして、弥助にはすぐにそれが誰だか分かった。

先に、黒装束が口を開いた。

「ほう、小普請奉行《こぶしんぶぎょう》の屋敷に素破《すっぱ》の用心棒か」

低い声で言い、弥助は相手も素破として手練《てだ》れであることが分かった。

「あんたもしつこいな。田所祐馬《たどころゆうま》さん」

「なに……」

弥助が言うと、頭巾の武士がビクリと硬直して答えた。

そう、祐馬は五百石、新番組頭《しんばんくみがしら》の息子で二十歳《はたち》。以前より志乃に邪恋を抱き、何かと伊三郎にからんでいた不良旗本だが、弥助の力で数々の悪事が露見《ろけん》し、罰として半年間の寄せ場送りとなり、采配《さいはい》を務めていた伊三郎の下でコキ使われていたのだ。

その恨《うら》みと、志乃への執着《しゅうちゃく》がまだ抜けず、二千石の屋敷に忍び込もうというのだから大胆《だいたん》である。

火でもかけようという魂胆《こんたん》か、あるいは伊三郎が宿直《とのい》と知り、志乃に狼藉《ろうぜき》を企《くわだ》てようとしたか、いずれにせよ素破を味方にしたというのは少々厄介《やっかい》だった。

「こ、こいつだ。常に伊三郎のそばにいて目障《めざわ》りな奴だったが、そうか、こいつも素破だったか。暗鬼《あんき》、こいつを殺せ」

祐馬が、黒装束の男に言った。

「疑心暗鬼《ぎしんあんき》の暗鬼かな。私は弥助」

「そうだ。だが今日のところは止《よ》しておこう。祐馬殿に若奥方を抱かせるまでが今宵《こよい》の役目。戦うのはあとの楽しみにしたい」

暗鬼は、あっさりと引く様子を見せた。

「な、なぜ今やらん」

「ここで戦えば家来《けらい》衆も起きてくるだろう。場所を選びたい」

「そ、そうか、やむを得ん、今日は引き上げか……」

祐馬は、淫気満々で来たようだが出鼻をくじかれ、主人であるはずなのにすっかり暗鬼の采配に従っていた。

「では弥助、いずれ」

暗鬼は言うなり、祐馬を引き連れて塀の外へと飛び降り、そのまま走り去っていった。

それを見送り、弥助も庭へ降りて勝手口から入り、再び自分の三畳間に戻ってきた。

「遅かったのですね……」

志乃は、ようやく呼吸を整え、全裸のまま待ちかねていたようだ。やはり舌で気を遣るより、早く一つになって果てたいのだろう。

「お待たせ致しました」

「お願い、後ろからしてみて……」

すっかり下地が出来上がっている志乃は言い、自ら四つん這いになって白く豊満な尻を突き出してきた。

弥助も淫気を回復させ、激しく勃起しながら膝《ひざ》を突いて股間を進めた。

暗鬼たちも、もう今宵再び侵入してくるようなことはないだろう。

先端を後ろから陰戸に擦り付けてヌメリを与え、ゆっくりと膣口に押し込んでいった。

「あう……！」

ヌルヌルッと根元まで挿入すると、顔を伏せている志乃が呻《うめ》き、白い背中を反らせてキュッと締め付けてきた。

弥助も、肉襞《ひだ》の摩擦と締まりの良さ、そして股間に密着して弾む豊満な尻の感触に高まった。中は熱いほどの温もりに満ち、すぐにも新たな淫水が溢れて肉棒を浸《ひた》してきた。

彼は志乃の背に覆《おお》いかぶさり、両脇から回した手で豊かな膨《ふく》らみを揉《も》みしだきながら、徐々に腰を突き動かしはじめた。

「アアッ……、いい気持ち……」

志乃も尻を振りながら喘ぎ、収縮とヌメリを増して身悶《みもだ》えた。

肌のぶつかる音に混《ま》じって溢れる淫水がクチュクチュと響き、揺れてぶつかるふぐりも生温かく濡れた。

「ああ……、やっぱり前から入れて。抱き合いたいわ……」

しかし志乃が言って腰を引き、そのまま弥助も一物を引き抜いた。彼も充分に高まっていたが、やはり志乃と同じく抱き合いたい気持ちがしていたので願ってもないことだった。

そのまま志乃がゴロリと仰向《あおむ》けになったので、今度は本手（正常位）で股間を進め、淫水にまみれた先端を再び陰戸に深々と押し込んでいった。

そして脚を伸ばして身を重ねると、

「いいわ、奥まで感じる。すごい……」

志乃が下から激しく両手を回して言い、待ちきれないようにズンズンと股間を突き上げてきた。

弥助も合わせて腰を遣いながら屈《かが》み込み、チュッと乳首に吸い付いて舌で転がし、柔《やわ》らかな膨らみを顔中で味わった。

もう片方も含んで舐め回し、左右の乳首を充分に愛撫《あいぶ》してから、さらに腋《わき》の下にも鼻を埋《うず》め、柔らかな腋毛に生ぬるく籠《こ》もった甘ったるい汗の匂いで鼻腔《びこう》を満たした。

「い、いきそうよ……、もっと突いて……」

志乃が熱くせがみ、彼の背に爪まで立ててきた。

弥助も徐々に勢いを付けて股間をぶつけながら、白い首筋を舐め上げ、上からピッタリと唇《くちびる》を重ねた。

「ンンッ……!」

志乃が熱く鼻を鳴らし、自分からヌルッと舌を挿《さ》し入れてネットリとからめてきた。

彼も滑らかに蠢《うごめ》く舌を味わい、生温かな唾液《だえき》をすすった。

そして口を離し、志乃の喘ぐ口に鼻を押し込んで嗅《か》ぐと、花粉のように甘い刺激の匂いが悩ましく鼻腔を満たしてきた。それにほのかに混じる金臭い匂いは、鉄漿《おはぐろ》の成分であろうか。

弥助は美女の吐息にゾクゾクと高まり、とうとう大きな絶頂の快感に全身を貫《つらぬ》かれてしまった。

「く……！」

突き上がる快感に呻き、ありったけの熱い精汁をドクンドクンと柔肉の奥に勢いよくほとばしらせると、

「い、いく……、アアーッ……！」

噴出に奥深い部分を直撃され、志乃が声を上ずらせて身を反《そ》らせた。そのままガクガクと狂おしい痙攣《けいれん》を開始し、激しく気を遣ってしまった。

膣内の収縮も最高潮になり、弥助は心ゆくまで快感を味わい、最後の一滴まで出し尽くしていった。

志乃も満足して、いつしかグッタリと身を投げ出していった。

彼も動きを止め、もたれかかりながら膣内の一物を断末魔のようにヒクヒクと震わせた。

そして彼女の口に鼻を押し付け、唾液の匂い混じりの熱く甘い吐息で胸を満たし、うっとりと余韻《よいん》を味わったのだった。

「ああ、良かったわ……」

志乃が荒い息遣いを繰り返しながら呟き、弥助もいつまでも乗っているのが済まなくて、すぐに身を起こして股間を引き離した。

懐紙《かいし》を手にしようとすると、

「いいわ、しゃぶらせて……」

志乃が、奉行の若妻らしからぬことを言って顔を寄せ、精汁と淫水にまみれた一物に舌を這わせてきたのである。

「あう……、い、いけません、奥方様……」

弥助は過敏に幹を震わせ、畏《おそ》れ多い快感に腰をくねらせ、また回復しそうになるのを懸命に堪《こら》えたのだった。

二

「あなたが藤丸様ですか。お目にかかりとう存じました」

大奥の佐枝が、花江に案内されて藤丸の家を訪ねてきた。佐枝が花乃屋へ来たとき、ちょうど花江が晩のおかずを持って藤丸の家へ行くところだったので、一緒に来たようだ。

「うわあ、大奥の方ですか。こちらこそ光栄です」

藤丸は言い、美女と美少女を迎え入れると、部屋の中が急に華やかになった。

「わあ、このように描いたり作ったりしているのですね」

佐枝が言い、室内を見回してから作りかけの張り型を手にしたり、描きかけの春画を興味深げに見た。

「これは、どのような絵ですか」

「女二人のカラミです。一物は自分のものを見るので良いけれど、二人もの陰戸となると変化も必要で、身体の無理や重なり具合も思い描くだけでは無理があり困っていたところなのです」

訊《き》かれて、藤丸は答えた。

本当に、女二人の濡れ場を描いていたので、この二人が形を取ってくれれば渡りに舟であった。

「いかがでしょう。着物のままで良いので、二人で形を取って頂けませんか。急いで描きますので」

「まあ、私と花江さんが……?」

言うと佐枝はほんのり頬《ほお》を染めて言い、ふんわりと甘い匂いを漂《ただよ》わせた。

もとより花江は、すでに身体の関係があるし、店の商売に関わることだから苦もなく応じてくれることだろう。

「花江さんは……？」

「私は構いません。良いものが描ければうちで売れるのですから」

「じゃ、せっかく伺《うかが》ったのだから、お手伝いしましょう。でも私の顔が描かれて売られるのも恥ずかしいです」

佐枝は言いながらも、すっかり興味津々《しんしん》になって目を輝かせた。

「では、お願いします」

藤丸は紙と絵筆を持って、万年床の敷かれた隣室へ移動した。

「でも、やっぱり脱いだ方が良いのでしょうね」

佐枝が、恐る恐る言った。

「それはもちろん。着物より肌の線が出る方が描きやすいですからね。もうここへは誰も来ませんので、もし良ければ」

「ええ、私、脱ぎますね」

藤丸が言うと、花江が無邪気に応えて気軽に帯を解きはじめてくれた。

女同士のカラミといっても抵抗がないようで、以前から店に出入りする颯爽《さっそう》とした佐枝に興味があったのかもしれない。

そして佐枝も、武芸の達者だけあり多くの大奥女中に慕《した》われているだろう。

まさに長身の佐枝と可憐《かれん》な花江なら、描くには格好の二人であった。

「では、私も……」

ためらいなく脱いでゆく花江を見て、佐枝も意を決して言い、とうとう帯を解《と》きはじめた。

藤丸は、思いもかけぬ展開に激しく胸を高鳴らせ、ムクムクと勃起してしまった。室内は、見る見る白い肌を露《あら》わにしてゆく二人分の熱気と、混じり合った悩ましい体臭が生ぬるく立ち籠めた。

とうとう腰巻まで脱ぎ去り、二人は一糸《いっし》まとわぬ姿になると身を縮め合うようにして布団に座った。

一対一なら大胆になれても、三人だとやはり羞恥《しゅうち》も大きいようだった。

「では、まず添い寝して、花江ちゃんが佐枝様のお乳を吸って」

藤丸は興奮を抑《おさ》えながら言い、描きかけの絵の形を取らせた。

「こう……？　ああ、恥ずかしいわ……」

佐枝は言い、横たわった花江に腕枕《まくら》し、その顔を胸に抱いた。

花江の方も甘えるようにしがみつき、言われるまま鼻先にある乳首にチュッと吸い付いた。

「アァッ……！」

佐枝がビクリと肌を強《こわ》ばらせ、熱く喘ぎはじめた。まだ藤丸は詳しく聞いていないが、佐枝は彼の一物を模《も》した張り型を使用しているので、彼女は会う前からすっかり興奮が高まっていたのだろう。

吸い付きながら、花江もすっかりぼうっとした表情をして頬を染めていた。

「ではそのまま動かずに」

藤丸は言って、その姿を手早く描き留めた。

「はい、離れていいので、今度は二人の陰戸を描きますね」

二人の下半身へとにじり寄り、仰向けになった二人の両膝を立て、左右全開にさせた。

「ああ……、描かれるのね……」

さすがの花江も羞恥に声を震わせ、怖《お》ず怖ずと開いて白くムッチリした内腿《もも》を震わせた。

見比べると、やはり似ているようで違う。

花江は前と同じ、生娘《きむすめ》と紛《まご》うばかりに初々《ういうい》しい割れ目に楚々《そそ》とした茂みを煙《けぶ》らせ、それでも徐々に潤《うるお》っているのが分かった。

初めて見る佐枝は、その見事に引き締まった肢体《したい》にも驚いたが、親指の先ほどもある大きなオサネが目を惹《ひ》いた。

このまま描いたら、こんな大きなオサネの人はいないと言われるのではないかと思うほどだった。

「自分で指で広げて、奥まで見えるように」

藤丸は、二人の陰戸を交互に描きながら言った。

二人も自ら割れ目に指を当て、グイッと陰唇を左右に広げ、襞の入り組む膣口を丸見えにさせてくれた。

二人とも、もう隠しようもなく濡れはじめ、藤丸も次第に絵などどうでも良くなって、二人の股間に顔をうずめたい衝動に駆られた。

それでもせっかくの機会なのだから、想像だけでは難しい部分を克明《こくめい》に描き、それぞれの陰戸を観察して筆を走らせた。

二人も見られているだけで淫水の量が増し、まるで視線で愛撫を受けているようにヒクヒクと下腹を波打たせ、割れ目いっぱいにヌメリを溜めた。

「じゃ、今度は貝合わせを。身を起こして、脚を互い違いにさせて陰戸を擦れ合わせて」

「こ、こうかしら……」

佐枝は身を起こして股《また》を開き、花江も脚を交差させて進み、とうとう割れ目同士を密着させてくれた。

「互いの脚にしがみついて」

言うと二人も言われた通りにし、さらに指示される前から腰をくねらせ、濡れた陰戸を擦《こす》り合いはじめたのだ。

（す、すごい……）

あまりに強烈で艶《なま》めかしい光景に、彼は一物に触れなくても漏らしそうなほど高まってしまった。

「アア……、いい気持ち……」

佐枝が喘ぎ、いったん動くと互いの陰戸が大変な刺激になってきたようで、次第に腰が激しく動きはじめた。

しかも脚が交差しているので内腿も密着し、男と違い邪魔な突起《とつき》物もないので、濡れた割れ目が吸盤《きゅうばん》のように吸い付き合って、クチュクチュと淫《みだ》らな音が聞こえてきた。

藤丸も手早く描き、そろそろ三人で楽しみたくなった。

「じゃ、無理でなければ互いを舐め合う形を取って」

彼は言い、また二人の体位を変えた。長身の佐枝を仰向けにさせ、その顔に花江を跨《また》がらせて二つ巴にさせた。

「ああ、佐枝様のお顔を跨ぐなんて……」

「構わないのですよ。さあ、もっと股を近づけて」

花江が畏れ多さに声を震わせると、佐枝は彼女の腰を抱き寄せ、真下から可憐な陰戸を見上げた。

すると花江も羞恥の中で佐枝の股間に顔を埋め込み、先に舌を這わせはじめたのである。物怖じせず、何にでも好奇心を湧《わ》かせ、ためらいなく自分から行動を起こしてしまうようだ。

「あう、いい気持《も》ち……」

佐枝が声を洩らし、とうとう自分も少女の割れ目に舌を這わせはじめた。

藤丸は強烈な眺めに息を弾ませ、それぞれ女同士の陰戸を舐めている様子を手早く描いた。

花江は、佐枝の大きなオサネを乳首でも吸うように含み、執拗《しつよう》に舌を這わせているようだった。

「ンンッ……」

佐枝も快感に高まりながら息を籠もらせ、懸命に花江のオサネを舐めては、溢れる蜜汁も舌で掬《すく》い取っていた。

もう限界である。藤丸は絵筆を置き、自分も手早く帯を解いて着物を脱ぎ、全裸になって二人のカラミに迫っていったのだった。

そして彼は花江の尻に鼻を埋め、可憐な蕾《つぼみ》に籠もる匂いを貪《むさぼ》った。

三

「あん……、感じすぎるわ……」

佐枝に跨がっている花江が、白く丸い尻をクネクネさせて喘いだ。

何しろ藤丸が肛門を舐め、すぐ下では佐枝がオサネを舐めているのである。

彼は花江の悩ましい匂いを貪ってから蕾を舐め、ヌルッと舌を潜《もぐ》り込ませて滑らかな粘膜を探った。

「く……」

花江が呻き、肛門でモグモグと彼の舌先を締め付けてきた。

そして前も後ろも舐められ、快感に任せて佐枝の大きなオサネにチュッと吸い付いたようだ。

「アアッ……！　駄目、いきそう……」

佐枝が言って、早々と果てるのを惜《お》しむように身を起こしてきた。

「もう、絵がおしまいなら好きなようにさせて……」

佐枝は言い、布団の真ん中に藤丸を仰向けにさせ、股間に屈み込んできた。

「ああ、これがあの張り型の元になった一物……」

ようやく巡り会えたように言い、熱い視線と息で彼自身を刺激してきた。

すると花江も向き直り、一緒になって女二人で一物に顔を寄せてきたのだ。

「もう花江さんは、藤丸殿と情交してしまった？」

「ええ、こないだ初めて……」

「そう、今日は私もして構わない？」

「はい」

「じゃ、二人で頂きましょうね」

佐枝は言うなり彼を大股開きにさせ、内腿を舐め上げてきた。すると花江も反対側で同じようにし、やがて二人の息が股間に混じり合って籠もった。

するとまず佐枝は彼の両脚を浮かせ、肛門から舐めてくれたのである。

「あう……」

藤丸は、驚きと快感に思わず呻いた。まさか大奥女中の中でも上位にいる彼女が、いきなりそこを舐めるとは思わなかったのだ。

佐枝は厭《いと》わずチロチロと舐め回し、ヌルッと潜り込ませた。

藤丸も、反射的にキュッと肛門で美女の舌を締め付けた。

熱い鼻息にふぐりをくすぐられ、中で舌が蠢くと、勃起した一物がヒクヒクと上下した。

すると佐枝が舌を引き抜き、すかさず花江が同じように舌を潜り込ませてきたのだ。

「アア……」

藤丸は、何やら申し訳ないような快感に喘ぎ、美少女の舌をモグモグと締め付けた。立て続けだと、二人の舌の温もりや感触、蠢きが微妙に異なり、どちらも彼の快感を高めた。

ようやく花江が舌を引き離すと彼の脚が下ろされ、二人は頬を寄せ合い、同時にふぐりにしゃぶり付いてきた。

ここも二人がかりだと大きな快感であった。

二人はそれぞれの睾丸《こうがん》を優しく吸い、舌で転がし、混じり合った熱い息が股間に籠もった。

そして、いよいよ佐枝が顔を進め、肉棒の裏側を舐め上げてきたのだ。

花江も側面を舐め、同時に二人の舌が先端に達してきた。

まるで、美しい姉妹が一本の千歳飴《ちとせあめ》でも食べているようだ。女同士の舌が触れ合っても、二人は全く抵抗がないらしい。

先に佐枝が、粘液《ねんえき》の滲《にじ》む鈴口をチロチロと舐め、張り詰めた亀頭を含んで舌をからめ、吸いながらスポンと引き抜いた。

花江もすぐにしゃぶり付き、同じように含んで舌を蠢かせ、チュパッと引き離した。

「ああ……、い、いきそう……」

二人がかりの強烈な愛撫に、藤丸は急激に絶頂を迫らせて喘いだ。

「いいわ、我慢しないで。この一物が愛《いと》しくて堪《たま》りませんから……」

佐枝が、張り型ですっかり馴染《なじ》んだ形の肉棒を舐め回して言い、藤丸も我慢せず、されるまま身を投げ出してしまった。

二人は交互に一物をしゃぶり、吸い付いては念入りに舌をからめた。

ここでも藤丸は、二人の口腔の温もりや舌の蠢きが微妙に異なり、それぞれ激しい快感をもたらしてくれることを知った。

二人がかりの愛撫など、大店《おおだな》の隠居が金をはたいても、そうそう体験できることではないだろう。

果ては佐枝が深々と含んで顔を上下させ、スポスポと強烈な摩擦を開始し、花江も行ない、代わる代わる繰り返され、とうとう藤丸は激しい絶頂の大波に巻き込まれてしまった。

「い、いく……、アアッ……!」

大きな快感に口走り、彼は身を反らせて震えながら、熱い大量の精汁をドクンドクンと勢いよくほとばしらせてしまった。

「ンンッ……」

ちょうど含んでいた花江が喉《のど》を直撃されて呻くと、

「私に頂戴《ちょうだい》」

佐枝が奪うようにして亀頭を含み、余りを吸い出してくれた。もちろん花江も口に飛び込んだ第一撃を飲み込んでしまったようだ。

「く……！」

全て吸い出され、藤丸は呻きながらクネクネと腰をよじった。

もう出ないと知ると吸引を止め、佐枝は亀頭を含んだまま口に溜まった精汁をゴクリと一息に飲み干した。

そして口を離し、なおも幹《みき》をしごきながら余りの雫《しずく》の滲む鈴口を二人がかりで執拗にペロペロと舐めて綺麗にしてくれたのだった。

「も、もういい、有難う……」

藤丸は降参するように腰をくねらせて言い、過敏になった幹をヒクヒク震わせた。すると、ようやく二人も舌を引っ込めて顔を上げた。

彼は身を投げ出して息を弾ませ、二人は満足げに萎《な》えはじめている一物を見下ろした。

「ね、どうすればすぐに大きくなるか言って下さいませ。何でもして差し上げますので」

佐枝が言い、その言葉に射精したばかりの一物がピクンと反応した。

「で、では、二人ここへ立って、足の裏を私の顔に乗せて下さい……」

藤丸が羞恥を堪えて言うと、二人もすぐに立ち上がった。

「本当に、良いのですか。このようなこと……」

彼の顔の左右に立ちながら、佐枝が恐る恐る言った。

「ええ、して下さると淫気が高まりますので」

答えると、佐枝と花江は身体を支え合いながら、そろそろと片方の足を浮かせ彼の顔に乗せてきた。

「ああん、変な気持ち……、いいのかしら……」

花江がガクガクと膝を震わせて言い、藤丸は二人分の足裏を顔中に受けながら陶然《とうぜん》となった。

それぞれの足裏に舌を這わせながら、指の間に鼻を押し付けると、どちらも生ぬるい汗と脂《あぶら》に湿り、蒸《む》れた匂いが濃厚に沁《し》み付き、嗅ぐたびに鼻腔が悩ましく刺激された。

藤丸は爪先《つまさき》にしゃぶり付き、順々に指の股に舌を割り込ませて味わい、貪り尽くすと足を交代してもらった。

「ああ……、くすぐったくて、変な気持ち……」

佐枝も膝を震わせて喘ぎ、彼の口の中で指を縮めた。

藤丸は二人の両足とも、味と匂いをすっかり堪能《たんのう》した。

「では、佐枝様から顔にしゃがみ込んで下さい」

仰向けのまま言うと、先に佐枝が恐る恐る彼の顔に跨がり、厠《かわや》に入ったようにゆっくりしゃがみ込んできた。

「アア……、恥ずかしい……」

佐枝は声を震わせ、内腿も脹《ふく》ら脛《はぎ》もムッチリと張り詰めさせ、濡れた陰戸を彼の鼻先に迫らせた。

藤丸は真下からの眺めにムクムクと回復し、腰を抱き寄せて茂みに鼻を埋め込んだ。嗅ぐと、生ぬるく蒸れた汗とゆばりの匂いが鼻腔を掻き回し、悩ましく胸に沁み込んできた。

舌を挿し入れると、生ぬるく淡い酸味のヌメリが大量に溢れてきた。

さっき花江に舐められたときから、すでに蜜汁が大洪水になって下地が出来ていたのだろう。

収縮する膣口の襞をクチュクチュ舐め回して味わい、滑らかな柔肉をたどって大きめのオサネまで舐め上げていくと、

「あう……！」

佐枝が呻き、思わずギュッと彼の顔に股間を押しつけてきた。

藤丸は心地よい窒息感《ちっそく》に噎《む》せ返り、執拗《しつよう》にオサネを吸った。

さらに白く豊満な尻の真下に潜り込み、顔中にひんやりした双丘を受け止めながら、谷間の蕾に鼻を埋めて嗅いだ。

秘めやかな微香が籠もり、胸にまで刺激が沁み込み、彼は充分に嗅いでから舌を這わせ、ヌルッと潜り込ませていった。

四

「く……、変な気持ち……」

佐枝が呻き、キュッキュッと肛門で藤丸の舌先を締め付け、新たな淫水を陰戸から滴《したた》らせてきた。

彼は滑《なめ》らかで甘苦い粘膜を舐め回し、ようやく佐枝の前も後ろも味わい尽くして顔を離した。

「じゃ花江ちゃんと交代して」

言うと佐枝が懸命に股間を引き離して横になり、すぐにも花江が跨がり、しゃがみ込んで陰戸を迫らせてきた。

ぷっくりした割れ目が近づき、楚々とした若草が彼の息にそよいだ。

大奥女中と可憐な少女の二人を、立て続けに舐められる幸運な男など、江戸広しといえどもそうはいないだろう。

そして花江の陰戸も、充分すぎるほど淫水が溢れていた。

藤丸は腰を抱き寄せて恥毛に鼻を擦りつけ、可愛らしい汗とゆばりの匂いを貪り、胸を満たしながら舌を挿し入れていった。

やはり淡い酸味のヌメリが舌の動きを滑らかにさせ、彼は生娘でなくなったばかりの膣口から、小粒のオサネまで舐め上げていった。

「あん……、いい気持ち……」

花江が可憐な声を洩らし、座り込まないよう懸命に両足を踏ん張った。

藤丸は小町娘の味と匂いを堪能し、同じように尻の真下に潜り込み、薄桃色の蕾に鼻を埋め込んで嗅いだ。

生々しい匂いで鼻腔を刺激され、舌を這わせてヌルッと潜り込ませると、

「あう……！」

花江がキュッと肛門を締め付けて呻いた。

彼は滑らかな粘膜を探り、ようやく舌を引き離した。

「すごいわ、さっきより大きく……」

回復した一物を見て、佐枝が目を輝かせて言った。

「では、入れてください」

「じゃ花江ちゃんが先。どうせ気を遣るまではいかないでしょうから」

佐枝が言って屈み込み、もう一度亀頭をしゃぶってたっぷりと唾液に濡らしてから、花江を支えて一物に跨がらせた。自分はあとからじっくり味わいたいのだろう。

花江も先端を膣口にあてがい、息を詰めてゆっくり腰を沈み込ませた。

張り詰めた亀頭が潜り込むと、あとはヌメリと重みに任せ、滑らかにヌルヌルッと根元まで受け入れていった。

「アアッ……！」

完全に座り込んだ花江が顔を仰け反らせて喘ぎ、彼の胸に両手を突っ張って上体を反らせた。

藤丸も、肉襞の摩擦ときつい締め付けを味わい、膣内で快感に幹をヒクつかせた。それでも、さっき二人の口に射精したばかりなので、そうそう暴発する心配もなさそうだった。

ズンズンと股間を突き上げても、花江は初回ほどの痛みもないようだ。

しかしまだ気を遣るには到《いた》らず、交接しただけで気は済んだらしい。

「いいわ、佐枝様がして……」

花江が言って、そろそろと股間を引き離して彼に添い寝した。

すると佐枝も遠慮なく身を起こして跨がり、花江の淫水に濡れた一物を、一気に膣内に受け入れていった。

「あぁッ……、いいわ、奥まで届く……」

佐枝も顔を仰け反らせて喘ぎ、密着した股間をグリグリと擦り付けてきた。

そして身を重ね、彼の口に自ら乳首を押し付けてきたのだ。

藤丸も顔中柔らかな膨らみに覆われ、甘ったるい体臭に噎せ返りながら懸命に乳首を吸い、舌で転がした。

さらに添い寝している花江も抱き寄せ、愛らしい薄桃色の乳首を含んで舐め回し、二人分の乳首を順々に味わった。

そして二人の腋の下にも鼻を擦りつけ、生ぬるく湿った腋毛に籠もる濃厚な汗の匂いで胸を満たした。

「ああ……、い、いきそう……」

佐枝が腰を遣いはじめ、次第に勢いを付けて喘いだ。

藤丸もズンズンと股間を突き上げると、大量に溢れた淫水が律動《りつどう》を滑らかにさせ、クチュクチュと淫らに湿った摩擦音が響いた。

さすがに射精したばかりの彼も、ジワジワと絶頂が迫ってきた。

彼は二人の顔を同時に抱き寄せ、三人で唇を重ね合わせた。

「ンン……」

二人も熱く鼻を鳴らし、女同士の舌が触れ合うのも厭わず、三人でネットリと舌をからめた。

「もっと唾を出して……」

口を触れ合わせながら囁《ささや》くと、佐枝も花江も、懸命に唾液を分泌《ぶんぴつ》させ、白っぽく小泡の多い粘液をトロトロと彼の口に吐き出してくれた。

藤丸は混じり合った唾液を味わい、うっとりと喉を潤して高まった。

さらに二人の口に鼻を押し込み、熱く湿り気ある息を胸いっぱいに嗅いだ。

佐枝の息は甘い花粉臭で、花江は甘酸っぱい果実の匂いをさせ、混じり合った息の匂いが鼻腔を刺激し、悩ましく胸に沁み込んできた。

「顔中舐めてヌルヌルにして……」

快感に乗じてせがむと、二人も唾液に濡れた舌を藤丸の顔中に這い回らせてくれた。

「ああ……」

彼は混じり合った吐息と唾液に喘いだ。たちまち顔中は二人の唾液でヌラヌラとまみれ、胸に沁み込んだ刺激が一物に伝わっていった。

「噛《か》んで……」

さらに言うと、二人は藤丸の頬を甘く噛んでくれ、さらに耳の穴にも舌が潜り込んで蠢いた。左右同時だから、聞こえるのはクチュクチュとした湿り気ある音だけだ。

その間も佐枝は股間をしゃくり上げるように動かしては、コリコリする恥骨を擦り付けていた。藤丸も突き上げを強め、溢れる淫水にふぐりから肛門の方まで生温かく濡れた。

「い、いっちゃうわ、なんて気持ちいい……、アアーッ……！」

たちまち佐枝が声を上ずらせ、ガクガクと狂おしい痙攣を開始し、本格的に気を遣ってしまった。

花江が、凄《すさ》まじい大人の女の絶頂を目の当たりにして息を呑んでいた。

膣内の収縮も最高潮になり、少し遅れて藤丸も絶頂に達してしまった。

「く……！」

突き上がる大きな快感に呻くと同時に、ありったけの熱い精汁がドクンドクンと勢いよくほとばしり、柔肉の奥深い部分を直撃した。

「ヒッ……！　か、感じる……！」

噴出を受けると、佐枝は駄目押しの快感を得たように声を洩らし、さらに飲み込むようにキュッキュッときつく締め上げてきた。

藤丸は二人の顔を引き寄せ、混じり合った唾液と吐息を心ゆくまで吸収しながら快感を嚙み締め、最後の一滴まで出し尽くしていった。

すっかり気が済んだ藤丸が、力を抜いて突き上げを止めると、

「アア……、気持ち良かったわ……」

佐枝も満足げに声を洩らし、肌の強ばりを解いてグッタリと体重を預けてもたれかかってきた。

まだ膣内は息づくような収縮が繰り返され、刺激された一物がヒクヒクと過敏に震えた。

「あう……、もう暴れないで……」

佐枝も相当敏感になっているように呻き、幹の震えを押さえつけるようにキュッときつく締め付けてきた。

藤丸は彼女の重みと温もりを受け止め、二人分のかぐわしい息を嗅ぎながら、うっとりと快感の余韻を味わった。

やがて呼吸も整わないうち、佐枝が刺激を避けるように股間を引き離し、花江とは反対側にゴロリと横になった。

藤丸は美女と美少女に挟まれ、温もりを感じながら荒い息遣いを繰り返した。

すると花江が身を起こして彼の股間に屈み込み、淫水と精汁にまみれた亀頭をパクッとくわえ、舌で綺麗《きれい》にしてくれたのである。

「あう……」

藤丸は呻き、幹を震わせながら腰をよじった。

「も、もういいよ、有難う……」

彼が言うと、花江も素直にチュパッと口を引き離した。

「み、水を浴びたいわ……」

ようやく呼吸を整えた佐枝が言うと、藤丸も身を起こし、二人を支えながら立ち上がって、裏の井戸端へと行った。

釣瓶《つるべ》で水を汲《く》んで、三人は全身を流し、股間も念入りに洗った。

そして水を弾《はじ》く二人の肌を見ているうち、みたび彼はムクムクと回復してしまったのである。

そうなると、例のものを求めたくて、藤丸は簀の子《すのこ》に座って左右に二人を立たせ、肩を跨がらせて股間を向けさせたのだった。

五

「どうするのです……」

「二人で、ゆばりを放って下さい」

佐枝の問いに答え、藤丸は左右から迫る二人の割れ目に、交互に鼻と口を押し付けて舌を這わせた。

「そ、そんな……」

佐枝は驚いたように言ったが、舐められてビクリと反応した。

もう恥毛の隅々に籠もっていた濃厚な匂いは薄れてしまったが、二人ともオサネを舐められ、すぐにも新たな淫水を溢れさせてきた。

どちらも淡い酸味のヌメリを満たし、ガクガクと膝を震わせた。

「ほ、本当に出して良いのですね……」

佐枝が尿意を高めたように言い、花江も懸命に下腹に力を入れていた。

先に佐枝が出そうなので割れ目を舐めていると、すぐにも中の柔肉が迫り出すように盛り上がり、味わいと温もりが変化した。

「あう、駄目、離れて……」

佐枝が息を詰めて言ったが、熱い流れがチョロチョロとほとばしってきた。

藤丸は口に受けて味わい、喉に流し込んだ。味も匂いも実に控えめで淡く、薄めた桜湯のようだった。

「アア……」

佐枝が朦朧《もうろう》としながら喘ぎ、否応《いやおう》なく放尿の勢いを増していった。

すると花江の割れ目からもポタポタと温かな雫が滴《したた》り、たちまち一条の流れとなって彼の肌に注がれてきた。

藤丸はそちらも向いて口を付け、小町娘の流れを味わって喉を潤した。

花江のゆばりはさらに清らかで、まるで白湯《さゆ》のように抵抗なく飲み込むことが出来た。

その間も佐枝のゆばりが注がれ、肌を温かく伝い流れて、すっかり元の硬さと大きさを取り戻した一物を心地よく浸した。

やがて二人の流れがほぼ同時に治まり、彼は余りの雫を交互にすすり、残り香の中で割れ目内部を舐め回した。

すると新たな淫水が溢れて舌の動きが滑らかになり、ゆばりが洗い流されるように淡い酸味のヌメリが大量に満ちていった。

「ああ……、もう堪忍《かんにん》……」

力尽きたように佐枝が言って座り込み、花江もプルンと下腹を震わせて股間を引き離した。

三人はもう一度水を浴びて身体を拭き、また部屋に戻ってきた。

「私、そろそろお店に戻りますね」

花江が言って、身繕いをした。

「ああ、お登勢さんによろしく。また近々《ちかぢか》、仕上がったものを持っていくから」

藤丸が答えると、花江は二人に辞儀をして家を出て行った。

「まだ、いても構いませんか……」

全裸のまま、佐枝がしなだれかかって言った。

三人も刺激的だったが、やはり二人きりの方が淫靡《いんび》な興奮が増すのだろう。

もちろん藤丸も勃起しているので、もう一度ぐらい抜いておかないと落ち着かないし、二人きりだと佐枝に専念できるので二度の射精などなかったかのように胸が高鳴った。

「ああ……、もうこんなに……」

佐枝が言って彼を仰向けに押し倒し、一物に顔を埋め込んできた。

張り詰めた亀頭にしゃぶり付き、熱い息を股間に籠もらせながら、スッポリと根元まで呑み込んだ。

「ああ、気持ちいい……」

藤丸も手足を投げ出し、美女の愛撫に身を任せた。

「ンン……」

佐枝は喉の奥まで深々と含んで熱く鼻を鳴らし、強く吸い付きながら執拗に舌をからめてきた。そして肉棒が充分に唾液に濡れるとスポンと口を離し、添い寝してきたのだ。

「どうか、入れて……」

今度は上から挿入して欲しいというように、仰向けになってせがんだ。

藤丸も身を起こし、彼女の股を開かせて股間を進めた。

実に見事な肉体で、腹は筋肉が浮かび、太腿も硬いほどに引き締まっていた。

先端を濡れた陰戸に押し付け、感触を味わいながらゆっくり挿入していくと、

「アアッ……！」

佐枝がビクッと顔を仰け反らせて喘ぎ、両手を伸ばして彼を抱き寄せてきた。

藤丸もヌルヌルッと根元まで押し込んで股間を密着させ、脚を伸ばして身を重ねていった。

胸で乳房を押しつぶし、恥毛を擦り合わせて動きはじめると、コリコリする恥骨の膨らみが心地よく伝わってきた。

「ああ、いい気持ち……、もっと強く突いて、乱暴に奥まで……」

佐枝が両手でしがみつきながら熱く口走り、ズンズンと激しく股間を突き上げてきた。

藤丸も、次第に股間をぶつけるように勢いを付けて律動し、上からピッタリと唇を重ねていった。

柔らかな唇の感触を味わい、舌を挿し入れて佐枝の舌にからみつけた。

「ンン……」

佐枝も執拗に舌を蠢かせ、大量の淫水を漏らして動きを滑らかにさせた。

「あうう、いきそう……」

佐枝が口を離して仰け反り、熱く喘いだ。すでに小さく気を遣る波が押し寄せているように、肌が忙《せわ》しげに波打っていた。

鼻から洩れる息はほとんど無臭だが、口から吐き出される息は花粉臭の刺激が濃く含まれ、悩ましく鼻腔を満たしてきた。

やがて膣内の収縮が活発になり、彼女も喘ぎを止めて硬直すると、たちまちガクガクと狂おしく腰を跳《は》ね上げはじめた。

「いく……、アアーッ……！」

佐枝が声を上ずらせて本格的に気を遣り、藤丸も続いて、艶めかしい膣内の収縮に巻き込まれて昇り詰めてしまった。

「く……」

突き上がる絶頂の快感に呻き、もう三度目なのに熱い精汁を勢いよく柔肉の奥にほとばしらせた。

「あう、すごい……！」

噴出を感じた佐枝が、駄目押しの快感に呻いてきつく締め付けてきた。

藤丸は心ゆくまで快感を嚙み締め、最後の一滴まで絞り尽くした。

徐々に動きを弱め、力を抜いてグッタリと体重を預けていくと、
佐枝も満足げに声を洩らし、肌の強ばりを解いて身を投げ出していった。

精汁を飲み込むような膣内の収縮が続き、刺激された一物がヒクヒクと過敏に震えた。

「アア……」

彼は佐枝の喘ぐ口に鼻を押し込み、湿り気ある甘い刺激の息を胸いっぱいに嗅ぎながら、うっとりと快感の余韻を味わった。

「実は私、藤丸殿の一物を模した張り型を使っていますが、やはり、本物が一番です……」

佐枝が、荒い息遣いを繰り返しながら囁いた。

やはり硬い張り型は震えも脈打ちもなく、温もりがないので本物には敵《かな》わないだろう。それに張り型は射精しないので、噴出とともに男の快楽の伝わる肉棒の方が良いに決まっていた。

「どうか、たまにで良いので、本物を味わいに来て下さいませ」

「本当ですか……、そう年中は外に出られないのですが……」

藤丸が言うと、佐枝が顔を輝かせて答えた。

そう年中でないから良いのだ。四六時中訪ねられたら、他の女とカチ合ってしまうだろう。

ようやく呼吸を整えると、藤丸は巨体を起こして股間を引き離した。

拭《ふ》いてやろうとすると、

「洗って参ります……」

佐枝が言って立ち上がり、一人で井戸端へと行った。

藤丸は、自分だけ懐紙で一物を拭《ぬぐ》い、身繕《みづくろ》いの力も出ないままゴロリと仰向けになった。

佐枝と花江と三人で楽しめたし、今日はもう充分である。少し昼寝してから、仕事の続きをしようと思った。

やがて佐枝が戻り、腰巻きを着け襦袢《じゅばん》を羽織った。

「お仕事のお邪魔をしました。また張り型をお願いします。大奥では、多くの女が欲しがっておりますので」

佐枝が、身繕いをしながら言った。

「ええ、もっと大きめとか反り具合とか、何かあれば言って下さいませ」

「いいえ、藤丸殿の一物そのものが一番良いのです」

佐枝は帯を締め、髪の乱れを整えながら言った。その風情《ふぜい》に、また興奮しかけたが、彼女もそう長く外にいるわけにいかないだろう。

「では、お名残惜しいけれど、これにて失礼いたします」

彼女が言うと、さすがに寝たまま別れるわけにいかないので、藤丸も起きて着物を羽織り、玄関まで見送りに行ったのだった。

第五章　美人母娘《おやこ》の淫《みだ》らな看護

一

「ああ、降りて歩く。城へ戻って良いぞ」

弥助が警護していると、城からの帰りに伊三郎は陸尺《ろくしやく》に言って乗物から降りてしまった。

「よろしいのですか」

「ああ、弥助がいるからな」

伊三郎が答えると、陸尺たちは空《から》の乗物を担《かつ》いで城へと戻っていった。

弥助は先夜、田所祐馬が素破《すっぱ》の暗鬼を連れて屋敷に忍び込もうとしたので、伊三郎の行き帰りには従うことにしていたのである。

「乗物は疲れる」

「ええ、たまには歩いた方がよろしゅうございましょう」

弥助も伊三郎に言い、少し遅れて歩きはじめた。

「ときに、祐馬がまだ付きまとうとは信じられんが」

先夜の話を聞いていた伊三郎が、周囲に気を配りながら言った。

「ええ、寄せ場での、半年間の恨《うら》みも加わっているのでしょう」

「それは逆《さか》恨みだ。特に辛《つら》い采配《さいはい》をした覚えはないのだが。だが素破が一緒とは驚きだ」

「はい、おそらく暗鬼は江戸へ出て無宿人《むしゅくにん》として寄せ場で働き、そこで祐馬様と出会ったのでしょう」

弥助は言い、いずれにせよ自分が暗鬼との決着を付けなければ、いつまでも確執《かくしつ》が続くだろうと思った。逆に暗鬼さえいなければ、祐馬は一人では何も出来ないはずだ。

そして弥助は、自分でも不思議な気持ちだが強敵と戦えることが嬉《うれ》しく、素破本来の闘志を湧《わ》かせているのだった。

すると、城から番町《ばんちょう》に差し掛かる神社の境内《けいだい》から、何と藤丸と登勢が出てきたのである。

「おお、婿《むこ》殿、弥助も一緒か」

藤丸が気さくに声をかけ、登勢も裃《かみしも》姿で立派ななりをした伊三郎に、恭《うやうや》しく頭を下げた。

「弥助さん、このお方は？」

「は、小普請奉行《こぶしんぶぎょう》の永江伊三郎様です。殿、こちらは花乃屋の女将《おかみ》のお登勢さんです」

登勢に言われ、弥助が答えると、伊三郎も笑顔で挨拶《あいさつ》をした。

「叔父上《おじうえ》が、いつもお世話になっているようで」

「まあ……、藤丸さんは、お奉行の叔父さま……？」

初めて素性《すじょう》を知った登勢が目を丸くし、藤丸も苦笑していた。ここで出会ったのならば、もう知られても構《かま》わないという気になっていたし、すでに屋敷を出ているのだから、そう迷惑もかからないだろう。

「品物を届けに行ったら、ちょうど女将が買い物に出るというので一緒に歩いていたのだ」

藤丸が言ったが、弥助は、どうせ彼の家へ情交しに行くのだろうと思った。

やがて、途中まで四人で歩こうとしたそのとき、弥助はいきなり強烈な殺気を感じて立ち止まった。

て弥助に対峙《たいじ》してきたのである。

「お下がり下さい！」

弥助が三人を庇《かば》って言うと、暗い顔をして痩《や》せた浪人が一人、フラリと現われ

「あ、暗鬼か……」

「弥助、主人から得物《えもの》を借りろ」

羊羹《ようかん》色をした着流し姿の暗鬼が言い、落とし差しに手をかけた。先夜は暗いし

黒装束だったので分からなかったが、年は三十ほどであろう。

弥助は三人を境内に下がらせ、周囲を窺《うかが》った。どうやら物陰に祐馬が潜《ひそ》んで

成り行きを見守っているようだ。

「それほどまでに田所様への忠義を抱くか……」

「忠義？　巫山戯《ふざけ》ちゃいけない。同じ素破ならお前にも分かるだろう。ただ術を

試し、戦いたいだけだ」

言うなり暗鬼が抜刀し、藤丸は登勢を庇って後退した。

「や、弥助、得物を……」

「いえ、結構です」

伊三郎が言うのに答え、弥助は腰の手拭《てぬぐ》いを抜いて握《にぎ》った。

そして懐中に忍ばせていた石を包むと、素早く固く結んだ。

「そんなもので俺に敵《かな》うかな」

暗鬼は頰《ほお》を歪《ゆが》めて笑い、間合いも何もなく跳躍して斬《き》りかかってきた。

「お、お役人を……」

登勢が言い、境内にある別の出口へ走ろうとした。

弥助は刃をかわし、石の入った手拭いを振るった。

しかし暗鬼も素早く避け、二の太刀を仕掛けてきた。弥助は横へ飛びながら、今度は手拭いごと石を投げつけた。

「む……」

今度は避けきれず、暗鬼が目を押さえて動きを止めた。

「ふふ、なかなかやるな。嬉しいぞ。次は二人きりで会おう」

暗鬼は右目から血を滴らせながら言うなり素早く納刀し、背を向けて境内を走り去っていった。見ると、祐馬もそれを追っていった。

二人が去ったのを確認してから、弥助はがっくりと膝を突いた。

「弥助、どうした。あ……！」

藤丸が駆け寄ると、役人を呼びに行こうとしていた登勢も急いで戻ってきた。

弥助の胸が斬り裂かれ、血が着物に沁《し》み込んでいた。

「大丈夫、かすり傷《きず》ですので……」

「いや、いけない。血止めを」

藤丸が言うと、伊三郎も手拭いを出して弥助の傷口に当てた。

「そこの戸を借りましょう」

伊三郎が言うと、すぐにも登勢が本殿にある雨戸を一枚外して持ってきた。

そこに弥助を寝かせ、藤丸と伊三郎で持ち上げると、登勢の案内で医者まで走った。

(何という不覚。術でなく、剣技で斬られるとは……)

弥助は、二人に運ばれて済まないと思いながら、胸に当てた手拭いを押さえて思った。

近くの医者に運び込まれ、傷口を焼酎《しょうちゅう》で洗われて確認すると、傷は浅く、ほんの五寸(約十五センチ)ほど裂かれ、縫《ぬ》うほどのことはないとのことだった。

金創《かたなきず》の消毒に良いとされる金箔《きんぱく》を貼った布を当てられて晒《さら》しを巻かれると、また弥助は戸板で永江家の屋敷まで運ばれた。

「申し訳ありません……」

弥助は布団《ふとん》に寝かされ、傷の痛みよりも恐縮に身を縮めて言った。

離れからは、主膳も心配してきてくれた。

「ああ、安静にしているがよい。深手でなくて良かった。では私は帰るからな」

藤丸が言い、一緒に来ていた登勢を促《うなが》して帰っていった。

やがて主膳と伊三郎も自室へ下がり、美津が残った。

「本当に、よく婿殿を守って下さいました」

美津が感謝を込めて言うが、実際は弥助のみが狙われて屋敷に迷惑をかけたのだから、彼はそれが心苦しかった。

とにかく弥助は臥《ふ》せったが、すぐ暗鬼と祐馬が屋敷を襲うとは考えられない。暗鬼の目の傷も浅くはないだろうし、どうせなら弥助が全快してからあらためて戦いたいだろう。

それでも万一ということがあるので、夜は起きているつもりで、夕刻まで少し眠らせてもらうことにした。

「あの、奥様。差し出がましいことですが、夜半はご家来衆《けらい》の警護を怠《おこた》りないようお伝え下さいませ」

「分かりました。では、夕餉《ゆうげ》の刻限までゆっくりお休みなさい」

「はい……」

彼が答えると、美津は静かに部屋を出て行った。

弥助は目を閉じ、美津の遠ざかる足音を聞きながら、すぐにも睡《ねむ》りに落ちていった……。

——どれぐらい経《た》ったか、弥助が気配に目を開けると、もう外はすっかり暗くなっていた。

「ずいぶんよく眠っていましたね」

美津が入ってきて、盆に載せた粥《かゆ》を置いた。

「あ、申し訳ありません……」

弥助が身を起こすと、

「大丈夫ですか」

美津が言い、身体を支えてくれた。

弥助も、ぐっすり眠ったので疲れも取れ、胸もそれほど痛まなくなっていた。

膝《ひざ》に盆を載せ、彼は自分で夕餉を取った。

それを見て安心したように、美津はいったん引き上げ、彼が食べ終わる頃に茶と手燭《てしょく》を持って再び入ってきた。

もう、皆も夕餉を済ませて休んだようで、美津も寝巻姿になっていた。

「起きて自分で食事が出来たので、みな安心しておりました」

美津が、盆を隅に置いて行燈《あんどん》を点《つ》けると、湯飲みを手渡して言った。

「はい、明日には起きて殿のお供が出来ますので」

「無理しなくて良いのですよ。乗物が門まで迎えに来るのですから。さあ、身体を拭《ふ》いてあげましょう」

美津が言い、空の湯飲みを受け取ってから帯を解いて抜き取り、昼間のままだった裂けた着物を脱がせ、再び彼を仰向《あおむ》けにさせた。

二

「この着物は捨てましょう。明日、旦那様の着物を持ってきますので」

美津が言って弥助の下帯まで取り去り、全裸にさせてしまった。

そして持ってきた盥《たらい》で手拭いを絞り、彼の脇や腹、足指まで丁寧に拭き清めてくれた。

女中にさせれば良いのに、美津は自分でしたいようだった。

全身を拭き終えると、最後に濡れ手拭いで一物を包み込んだ。

弥助も、旗本の美女に身を任せ、それだけでも斬られて良かったと思うほどの心地よさに包まれた。

美津の仕草《しぐさ》に淫気が感じられたので、もう彼の心から恐縮する思いも薄れ、刺激されながらムクムクと勃起してきたのだ。

「まあ、これだけ元気ならば、もう大丈夫ですね」

美津が言い、手拭いを離すと、今度は指で触れてきてくれた。

「ああ……」

弥助は快感に喘ぎ、しなやかな指の愛撫《あいぶ》にヒクヒクと幹《みき》を震わせた。

淫気に専念しても、それほど傷も痛まないので、やがて一物は最大限に突き立ってしまった。

「すごく硬いわ。傷に障《さわ》らないかしら。でも、ほんの少しだけ……」

ニギニギと愛撫していた美津は言い、屈《かが》み込んで先端を舐《な》め回してくれた。

滑《なめ》らかな舌先がチロチロと鈴口を探り、張り詰めた亀頭にもしゃぶり付くと、そのままスッポリと喉《のど》の奥まで呑《の》み込んでいった。

「ああ……、お、大奥様……」

弥助は温かな口に根元まで含まれ、クチュクチュと舌に翻弄《ほんろう》されて喘《あえ》いだ。

美津も慈《いつく》しむように滑らかに舌をからめ、上気した頬をすぼめて優しく吸い、熱い息を股間に籠《こ》もらせた。

たちまち肉棒は生温かな唾液《だえき》にまみれ、弥助も射精しないでは治まらないほどに高まってしまった。

「わ、私も舐めたいです……」

絶頂を迫らせて言うと、美津もスポンと口を離してくれた。

「良いのですか」

「ええ、跨《また》いで下さいませ。あ、先に足を……」

彼が答えると、美津は顔の横に立ち、壁に手を付いて身体を支えた。

「あ、足など……」

「どうか、お願いします」

言うと彼女も淫気に突き動かされるように、そっと片方の足裏を弥助の顔に乗せてくれた。

「ああ、怪我人《けがにん》にこんなことするなんて……」

美津は声を震わせ、彼は足裏の感触を受け止め、舌を這《は》い回らせた。

踵《かかと》から土踏まずを舐め、指に鼻を押し付けると、今日は風呂も焚《た》かなかったので生ぬるい汗と脂《あぶら》に湿り、蒸《む》れた匂いが濃厚に沁み付いていた。

匂いを貪《むさぼ》ってから爪先《つまさき》をしゃぶり、全ての指の股《また》に舌を割り込ませて味わうと、足を交代してもらった。

そちらも味と匂いを堪能《たんのう》してから、足首を摑《つか》んで顔を跨《また》がせると、美津も自分からゆっくりとしゃがみ込んでくれた。

「アア……、恥ずかしい……」

美津が曲《ま》げた脚をムッチリと張り詰めさせ、彼の鼻先に陰戸を迫らせながら羞恥に喘いだ。

弥助は熱気を顔中に受けながら、すでに濡れはじめている割れ目を見上げ、豊満な腰を抱き寄せて茂みに鼻を埋め込んだ。

嗅《か》ぐと、甘ったるい汗の匂いと、ほのかなゆばりの刺激が混じって籠もり、悩ましく鼻腔《びこう》を搔《か》き回してきた。

彼は熟れた体臭を貪りながら舌を挿《さ》し入れ、淡い酸味のヌメリを探り、かつて志乃が生まれ出てきた膣口からツンと突き立ったオサネまで、ゆっくり味わいながら舐め上げていった。

「ああッ……、い、いい気持ち……」

美津が熱く喘ぎ、懸命に両足を踏ん張りながら新たな蜜汁を漏《も》らした。

チロチロとオサネを弾《はじ》くように舐め回し、溢《あふ》れる淫水をすすり、さらに彼は白く豊満な尻の真下に潜《もぐ》り込んだ。

顔中に双丘を受け止め、谷間の蕾《つぼみ》に鼻を埋《うず》めて生々しい微香《びこう》を嗅ぎ、舌を這わせてヌルッと潜《もぐ》り込ませた。

「く……！」

美津が呻き、肛門でモグモグと舌先を締め付け、しゃがみ込んでいられず彼の顔の左右に両膝を突いた。

弥助も充分に舌を蠢《うごめ》かせて滑らかな粘膜を味わい、再び陰戸に戻ってヌメリをすすり、オサネに吸い付いた。

「も、もう駄目……、入れたいわ……」

すっかり絶頂を迫らせた美津が声を上《うわ》ずらせ、自分から股間を引き離した。

そして彼の上を移動して一物に跨がり、先端を膣口に受け入れ、若い肉棒を味わうようにゆっくり腰を沈み込ませていった。

「アアッ……、すごい……」

美津が顔を仰《の》け反《ぞ》らせて喘ぎ、ヌルヌルッと根元まで納めると、ピッタリ股間を密着させて座り込んだ。

弥助も肉襞《ひだ》の摩擦と締め付け、温もりと潤《うるお》いに包まれ、傷の痛みより快感の方が大きかった。

美津が股間をグリグリ擦り付けながら寝巻の胸元をはだけ、豊かな乳房を露《あら》わにした。彼も手を伸ばして膨らみを揉み、抱き寄せてチュッと乳首に吸い付き舌で転がした。

左右とも順々に含んで舐め回すと、ほんのり汗ばんだ胸元や腋《わき》から、何とも甘ったるい匂いが漂《ただよ》って鼻腔を刺激した。

彼女も、体重をかけて身を重ねるわけにいかないので左右に両手を突っ張り、徐々に腰を遣いはじめた。

弥助はさらに乱れた寝巻の中に潜り込み、色っぽい腋毛に鼻を埋めて濃厚な汗の匂いで胸を満たし、徐々に股間を突き上げはじめた。

「い、いきそう……、もっと突いて……」

美津も、彼の怪我のことなど忘れたように貪欲《どんよく》にせがみ、大量の淫水を漏らして動きを滑らかにさせた。

弥助が唇《くちびる》を求めると、彼女も上からピッタリと重ね合わせ、ヌルリと舌を挿し入れてきた。生温かな唾液に濡れた舌がからみつき、彼は美女の唾液をすすって喉を潤し、股間の突き上げを強めていった。

熱く濡れた粘膜が擦れてクチュクチュと淫《みだ》らな音を立て、互いの股間がビショビショになった。

「ああ……、すごい……」

美津が口を離して喘ぎ、弥助は鼻を押し付けて熱い濃厚な吐息を嗅いだ。甘い白粉《おしろい》臭の刺激が鼻腔を掻き回し、甘美《かんび》な悦《よろこ》びで胸を満たしながら、彼も急激に高まってきた。

「い、いく……、アアーッ……！」

とうとう先に美津が気を遣《や》り、声を上ずらせながらガクガクと狂おしい痙攣《けいれん》を繰り返した。

弥助も続いて、膣内の艶《なま》めかしい収縮の中、絶頂に達してしまった。

大きな快感に貫《つらぬ》かれながら、熱い大量の精汁をドクンドクンと勢いよく柔肉《やわにく》の奥にほとばしらせると、

「あう、もっと……！」

噴出を感じ、深い部分を直撃されながら美津が駄目押しの快感に呻き、キュッキュッときつく締め上げてきた。

弥助も傷など無視するように激しく股間を突き上げて快感を嚙《か》み締め、心置きなく最後の一滴まで出し尽くしていった。

満足しながら動きを弱めていくと、

「ああ……」

美津も熟《う》れ肌の硬直を解きながら声を洩らし、傷を気遣いながらもグッタリと力を抜いていった。

膣内が名残惜《なごりお》しげな収縮を繰り返し、一物はヒクヒクと過敏に跳ね上がった。

弥助は彼女の喘ぐ口に鼻を押し付け、湿り気ある甘い吐息を胸いっぱいに嗅ぎながら、うっとりと快感の余韻《よいん》を味わったのだった。

「大丈夫かしら……」

荒い呼吸を繰り返しながら美津が言い、身を起こしてそろそろと股間を引き離した。そして懐紙《かいし》で手早く陰戸を処理し、淫水と精汁に濡れた一物を丁寧に拭き清めてくれた。

傷口も見てくれたが、出血は止まったままである。

「ああ、安心しました……」

美津が言い、彼の半身を起こさせて晒しを直してくれ、寝巻を着せてから仰向けにさせた。

「無理させてごめんなさい。ではゆっくりお休みなさいませ」

彼女は言って布団を掛け、行燈の灯を消すと、静かに部屋を出て行った。

三

（もう今宵は大丈夫のようだな……）

しんと静まりかえった外の気配に耳をそばだてながら、弥助は思った。

たまに聞こえるのは、見回りをする家来衆の足音だけだ。

まず、暗鬼や祐馬が来るようなことはないだろう。

弥助は目を閉じ、また眠っておくことにした。仮に眠っていても、何かあれば素破の本能ですぐにも起きられる。

それに眠ろうと思えばいつでも眠りにつけるし、せめてこうした時にゆっくり傷を癒《い》やし、英気《えいき》を養っておこうと努めた。

そして明け方のまだ暗いうち、弥助は七つ（午前四時頃）の鐘《かね》の音で目を覚ました。

鐘だけではなく、気配で目覚めたのである。

そっと襖《ふすま》が開き、手燭を持って入ってきたのは志乃であった。

「起こしてしまいましたか」

「いえ、大丈夫です」

弥助が答えると、志乃は行燈に灯を入れ、彼の布団をめくった。

「先生に、朝には晒しを替えろと言われていますし、明るくなってからでは旦那様の登城の仕度《したく》で忙しいものですから」

志乃は言ったが、弥助は淫らな匂いを感じ、朝立ちのまま勃起した幹を期待に震わせた。

志乃は彼の晒しを解いて、金箔の貼られた布を外した。

「まあ、何て治りの早い……、傷が塞《ふさ》がっていますわ……」

志乃は顔を寄せて言い、とうとう傷口に舌を這わせてくれたのだ。

「あう……」

「痛みますか？」

「いえ、あまりに心地よいので……」

弥助は答え、昨夜美津との情交のまま下帯も着けていないので、裾《すそ》が開かれると、すぐにも屹立《きつりつ》した一物が露わになってしまった。

「まあ、本当。これなら大丈夫そうですね」

志乃も一物を見て言い、顔を移動させ、先端に舌を這わせてくれた。

昨夜の情交のあと拭いただけなので、まだ志乃の母親の淫水が残っているかも知れないが、彼女は味にも匂いにも気づかないようだった。

「嬉しい、こんなに元気で……」

志乃はうっとりと溜息をついて言い、さらにヌラヌラと亀頭を舐め回し、丸く開いた口でスッポリと喉《のど》の奥まで呑み込んだ。

寝しなに熟れた美女と情交し、覚めたらその娘がしてくれるとは、何という幸運であろう。

「ンン……」

志乃は熱く鼻を鳴らし、息で恥毛をそよがせながら強く吸い付き、口の中ではネットリと舌をからみつけてくれた。

弥助も唾液にまみれながら幹を震わせ、ジワジワと高まってきた。

「ど、どうか、私の顔にも跨がって下さいませ……」

彼が言うと、志乃も亀頭を含んだまま身を反転させ、裾をからげて女上位の二つ巴で顔に跨がってきてくれた。

弥助は下から白く丸い尻を抱え込み、潜り込むようにして茂みに鼻を擦りつけ、濃厚に沁み付いた汗とゆばりの匂いを貪った。

そして濡れはじめている柔肉を舐め回し、チュッとオサネに吸い付くと、

「ク……」

志乃が感じて呻き、反射的に強く吸い付いてきた。向きが変わったので鼻息がふぐりをくすぐり、彼はチロチロとオサネを舐めると、目の上にある尻の谷間の桃色の蕾がキュッキュッと可憐《かれん》に収縮した。

さらに彼は伸び上がり、双丘に鼻を埋め込んで蕾に籠もった匂いを貪り、舌を這わせてヌルッと潜り込ませ、滑らかな粘膜を探った。

志乃は吸引を強め、クネクネと形良い尻を動かした。

弥助が再び陰戸に戻ってオサネを吸うと、彼女は顔を上下させ、スポスポと強烈な摩擦を開始してきたのだ。

彼も高まりながら、大量に溢れる生ぬるい淫水をすすった。

「ああ、もう駄目……」

すると、彼が降参する前に志乃がチュパッと口を離して言い、股間を引き離してきた。

「いいですか……」

そして言いながら向き直り、彼の股間に跨がってきたのだ。

唾液に濡れた先端に陰戸を押し付け、ゆっくりと亀頭を膣口に受け入れながら腰を沈み込ませてきた。

母娘は良く似た顔立ちなので、まるで昨夜の美津が急に若返ったような印象だった。

ヌルヌルッと根元まで嵌《は》めると、彼女は股間を密着させて座り込んだ。

弥助も肉襞の摩擦と熱いほどの温もりを感じ、中で幹を震わせて快感を噛み締めた。

「アア……、いい気持ち、すぐいきそう……」

志乃が目を閉じて喘ぎ、グリグリと股間を擦り付けた。

さらに帯を解いて寝巻を脱ぎ去ってしまい、しゃがみ込んだまま腰を上下させはじめたのだ。

さすがに美津より若く、力も余っているのだろう。

腰を上下させ、濡れた肉襞で摩擦を繰り返すと豊かな乳房が艶めかしく揺れ、甘ったるい匂いが漂った。そして溢れる淫水が彼のふぐりから肛門にまで生温かく伝い流れ、動きに合わせてピチャクチャと卑猥《ひわい》な音が響いた。

やがて志乃が両膝を突き、美津のように体重をかけないよう覆《おお》いかぶさって乳房を突き付けてきた。

乳首を含んで吸い、執拗《しつよう》に舐め回すと豊かで柔らかな膨らみが顔中に押し付けられた。

左右とも交互に乳首を含んで舌で転がし、もちろん腋の下にも鼻を埋め込むと生ぬるく湿った腋毛に籠もる濃厚に甘ったるい汗の匂いが悩ましく鼻腔を刺激してきた。

そして彼もズンズンと股間を突き上げると、

「アア……、いい……」

志乃が熱く喘ぎ、動きを速めていった。

喘ぐ口に鼻を押し込んで嗅ぐと、寝起きで濃くなった匂いが鼻腔を刺激し、甘い花粉臭とお歯黒の匂いが混じって胸を掻き回した。

　そのまま唇を重ねて舌をからめ、彼は傷も気にせず両手を回してしがみつき、僅《わず》かに両膝を立てて股間を突き上げ続けた。

「しゃぶって下さい……」

　快感に乗じて思わず図々《ずうずう》しく言うと、志乃も興奮に任せて舌を這わせ、彼の鼻の穴をしゃぶり、さらに顔を擦り付けると顔中も舐め回し、生温かく清らかな唾液でヌルヌルにまみれさせてくれた。

　弥助は若い奥方の唾液と吐息に包まれ、悩ましい匂いとヌメリの中でとうとう昇り詰めてしまった。

「く……！」

　大きな絶頂の快感とともに呻き、ありったけの熱い精汁をドクンドクンと勢いよく内部にほとばしらせた。

「ああ、熱い……、いく……、ああーッ……！」

　噴出を受け止めた途端、志乃もガクガクと激しく身をよじり、膣内を収縮させながら気を遣ってしまった。

　粗相《そそう》したように大量の淫水が溢れ、弥助は溶けてしまいそうな快感の中で、心置きなく最後の一滴まで出し尽くしてしまった。

すっかり満足して突き上げを弱め、グッタリと身を投げ出すと、

「アア……、すごかったわ……」

志乃も、精根尽き果てたように吐息混じりに声を洩らし、肌の強ばりを解いてもたれかかってきた。

息の震えと膣内の収縮がいつまでも続き、過敏になっている一物を締め付け続けていた。そろそろ伊三郎も離れの両親も起き出す頃だから、その緊張とときめきもあるのだろう。

弥助は彼女の甘い刺激的な吐息を嗅ぎながら、うっとりと余韻を味わい、やがて呼吸を整えた。

「大丈夫……？」

ようやく志乃が身を起こして言い、まだ繋がったまま彼の胸の傷を確認した。

幸い傷が開くこともなく、志乃が股間を引き離して懐紙で互いの股間を拭き清めた。

「自分で致します。殿の警護もするつもりですので」

「いいえ、いけません。今日はずっと横になっていなさいね」

志乃が寝巻を羽織って帯を締め、髪を整えながら言った。

そして彼女は弥助の晒しを巻き直し、布団を掛けて行燈の灯を消し、静かに部屋を出て行った。

彼も言葉に甘えて横になったままでいると、東の空が白み、伊三郎や離れの夫婦も起き出したようだった。

志乃は着替えて厨《くりや》に立ち、いつもの朝が始まり、朝餉を終えた伊三郎も裃《かみしも》姿で登城の前に弥助の様子を見に来てくれた。

「良いか、今日は一日中寝ているのだぞ」

「はい、申し訳ありません……」

弥助は伊三郎に答え、昨夜と早朝、美津や志乃と交《まじ》わってしまったことを、さらに申し訳なく思ったのだった。

四

「まさか、二千石のお旗本のご子息だったなんて、思いもしませんでした」

登勢が、急に畏《おそ》れ多くなったように藤丸に言った。

「なあに、先々代が芸妓《げいぎ》に生ませた子なので、血筋と言うより居候《いそうろう》でしたので」

藤丸は、部屋に入った登勢に猛烈な淫気を催《もよお》しながら答えた。

「でも、ついこないだまでお屋敷に住んでいたのでしょうから」

「そんなことより脱ぎましょう。弥助の傷も大したことないようなので」

彼が言うと、ようやく登勢も淫気を全開にし、互いに手早く脱いで全裸になっていった。

相変わらず花乃屋は、看板娘の花江と奉公人に任せている。

藤丸は、熟れ肌から漂う甘ったるい匂いに刺激されながら、登勢を布団に仰向けにさせた。

そして屈み込み、まずは足の裏に顔を押し付けていった。

「あう、そんな、お旗本が足など……」

「前から何度もしているでしょう。どうか気を楽に」

登勢の過剰な反応に苦笑しながら、藤丸は踵から土踏まずを舐め回し、縮こまった指の股に鼻を割り込ませ、ムレムレになった匂いを貪り、汗と脂の湿り気を味わった。

「あう……、汚いですから……」

登勢が他人行儀に言い、その反応がやけに新鮮で興奮をそそった。

藤丸は、両足とも全ての指の間をしゃぶり、味と匂いを貪り尽くした。

そして大股開きにさせて脚の内側を舐め上げ、ムッチリと張り詰めて滑らかな内腿をたどって陰戸に迫っていった。

「ああ……、そんなに見ないで……」

登勢もいつになく感じているように声を震わせて言い、見ると割れ目からはみ出した陰唇が大量の蜜汁にヌラヌラと妖《あや》しく潤っていた。

まず彼は登勢の両脚を浮かせ、白く豊満な尻の谷間に鼻を埋め込んだ。

桃色の蕾に籠もる微香を嗅いでから、チロチロと舌を這わせてヌルッと潜り込ませると、

「あう……！」

登勢がビクリと反応して呻き、キュッと肛門で舌先を締め付けてきた。

藤丸は執拗に滑らかな粘膜を探り、ようやく脚を下ろして陰戸を舐め上げていった。

陰唇の内側は淡い酸味の淫水が溢れ、すぐにも舌の動きが滑らかになった。

彼は膣口の襞をクチュクチュ掻き回し、ツンと突き立ったオサネまで舐め上げ

てチュッと吸い付いた。

「アアッ……、駄目……」

登勢が豊かな腰をくねらせて喘ぎ、量感ある内腿でキュッと彼の両頬をきつく挟み付けてきた。

藤丸は執拗にオサネを舐め回し、左手の指を唾液に濡れた肛門に浅く潜り込ませ、さらに右手の二本の指を濡れた膣口に押し込んで、それぞれの内壁を小刻みに擦った。

「あう、駄目、感じすぎます……、アアーッ……！」

オサネと膣口と肛門の三カ所を同時に愛撫され、登勢は急激に高まったように前後の穴を収縮させた。

藤丸の正体が大旗本であったことも影響してか、彼女はあっという間に絶頂に達してしまったようだった。

彼が前後の穴を刺激し、膣内の天井まで指の腹で圧迫すると、

「あう、いく……！」

彼女が身を反り返らせて呻くと同時に、潮でも噴くように大量の淫水を飛び散らせ、ガクガクと狂おしい痙攣を起こした。

どうやら、あっという間に指と舌で気を遣ってしまったようだ。

「も、もう堪忍《かんにん》……」

登勢が刺激を避けるように身をよじって言い、やがてグッタリとなってしまうと、藤丸も舌を引っ込め、前後の穴からヌルッと指を引き抜いた。

「く……」

指が離れると、登勢は支えを失くしたように身を投げ出した。

膣に入っていた二本の指の間には淫水が膜を張り、摩擦で攪拌《かくはん》されて白っぽく濁った粘液《ねんえき》が湯気を立てるほどだった。指の腹は湯上がりのようにふやけてシワになっていた。肛門に入っていた指に汚れの付着はなく爪にも曇りはないが悩ましい微香が感じられた。

「わ、私にも……」

息も絶えだえだった登勢が言い、一物をせがむように彼の手を引っ張った。

藤丸も身を乗り出し、登勢の胸に跨がって豊かな乳房の間で一物を挟んで揉むと、彼女は顔を上げて先端に舌を這わせてきた。

彼は肌の温もりと弾力、舌のヌメリを感じながら最大限に勃起し、そのまま前屈みになって先端を唇に押し当てた。

「ンン……」

登勢がしゃぶり付いて熱く息を漏らし、そのままモグモグとたぐるように根元まで呑み込んでいった。

彼も前に両手を突き、まるで美女の口と交接するように深々と潜り込ませた。

「ああ、気持ちいい……」

藤丸は喘ぎ、登勢の口でスポスポと小刻みに摩擦した。彼女も懸命に吸い付いて熱い息を股間に籠もらせ、クチュクチュと舌をからめて肉棒を生温かな唾液に浸《ひた》してくれた。

やがて彼も充分に高まったのでスポンと引き抜くと、

「い、入れて……」

登勢が朦朧《もうろう》としてせがんできた。

彼も股間に戻り、本手（正常位）で先端を陰戸に押し付け、感触を味わいながらゆっくりと挿入していった。

「アアッ……！」

ヌルヌルッと滑らかに根元まで貫かれると、登勢が顔を仰け反らせて喘いだ。

藤丸も股間を密着して脚を伸ばし、熟れ肌に身を重ねていくと彼女も下から両手でしがみついてきた。

彼はまだ動かず、屈み込んで乳首を吸い、舌で転がしながら顔中で豊かな膨らみの感触を味わった。

左右の乳首を順々に含んで充分に舐め回すと、さらに藤丸は腋の下にも鼻を埋め込んで擦り付け、色っぽい腋毛に生ぬるく籠もった甘ったるい汗の匂いに噎せ返った。

「つ、突いて……」

登勢が言い、ズンズンと股間を突き上げてきた。

藤丸も合わせて腰を遣い、何とも心地よい肉襞の摩擦と熱いヌメリに高まっていった。

上から唇を重ね、舌をからめて生温かな唾液を味わい、さらに口を離して鼻を押し込み、美女の熱く湿り気ある、甘く悩ましい花粉臭の吐息を胸いっぱいに嗅いだ。

すると、急に登勢が股間の突き上げを止めたのだ。

「ね……、お尻の穴に入れてみてください……」

「え……、大丈夫かな……」

意外な申し出に、思わず彼も腰の動きを止めた。

「陰間の春画には、お尻に入れている絵も多くあります。どんなものか、一度試してみたいので……」

言われて、藤丸も興味を持って新鮮な興奮に包まれた。

やがて彼は身を起こし、一物を引き抜きながら彼女の両脚を浮かせた。

陰戸から垂れる淫水が肛門までヌメヌメと潤わせ、彼はそこに先端を押し付けてみた。

「入れますよ。無理だったら、すぐ止めるので言って下さいね」

「いいえ、無理矢理されてみたいので、ご存分に……」

言うと登勢が答え、彼も息を詰めて思い切りグイッと押し込んでみた。

張り詰めた亀頭が可憐《かれん》な肛門を丸く押し広げて潜り込むと、細かな襞が伸びきってぴんと張り詰め、今にも裂けそうに光沢を放った。

「あう……！」

登勢が、まるで生娘《きむすめ》が犯されたように呻いて眉《まゆ》をひそめた。

「大丈夫ですか」

「ええ、どうか奥まで……」

気遣って囁《ささや》くと彼女が答え、藤丸もズブズブと根元まで挿入していった。

股間がピッタリ密着すると、豊かな尻の丸みが密着して心地よく弾んだ。

藤丸は膣内とはまた違う温もりと感触を味わい、とうとう熟れた美女の肉体に残った、最後の無垢《むく》な部分を征服したのだと思った。

動かなくても、肛門がキュッキュッと収縮して快感が高まった。

さすがに入り口はきついが、中は意外にゆったりとし、思っていたようなベタつきもなく滑らかであった。

五

「つ、突いて……、何度も奥まで乱暴に動いて……」

登勢が脂汗を滲ませてせがみ、藤丸も様子を見ながら腰を引いては突き、小刻みに前後運動を繰り返しはじめた。

「あうう……、変な気持ち……」

登勢は痛みより新鮮な快感が芽生《めば》えたように声を洩らし、自《みずか》ら乳首をつまみ、さらに空いている陰戸にも激しく指を這わせた。

その貪欲な仕草《しぐさ》に興奮を高め、彼も次第に激しく動きはじめていった。

「い、いきそう……」

「いいわ、中にいっぱい出して……！」

藤丸が絶頂を迫らせて言うと、登勢も声を上ずらせて答え、肛門内部の収縮を強めていった。

しかも彼女が自ら指で激しく割れ目を擦るたび、クチュクチュと淫らな音が響くのである。

藤丸も、肛門の摩擦と彼女の淫らな仕草、突き入れるたび股間に密着する尻の丸みに、とうとう絶頂に達してしまった。

「く……！」

彼は大きな快感に呻き、初めての感触の内部にドクンドクンと熱い精汁を勢いよくほとばしらせた。

「あう、感じる……！」

噴出を受け止めた途端《とたん》、登勢も激しい勢いでオサネを擦り、そのままガクガクと狂おしい痙攣を開始した。どうやら肛門を犯された感触とオサネへの刺激で、気を遣ってしまったようだ。

内部に満ちる精汁で、さらに動きがヌラヌラと滑らかになった。

藤丸は何度も股間をぶつけ、最後の一滴まで出し尽くした。

「アア……」

登勢も声を洩らしてオサネから指を離し、いつしかグッタリと力を抜いて熟れ肌を投げ出していた。

彼が動きを止めると、自分から引き抜く前に、ヌメリと締め付けで一物が自然に押し出されてゆき、ツルッと抜け落ちた。何やら美女に排泄《はいせつ》されるような興奮が湧いた。

一物に汚れの付着はなく、肛門も一瞬丸く開いて中の粘膜を覗《のぞ》かせたが、見る見るつぼまって元の可憐なおちょぼ口に戻っていった。もちろん細かな襞に裂けた様子はなく、女というものはどんな部分でも男を受け入れ、感じるように出来ているものだと思った。

「は、早く洗わないと……」

登勢が、余韻に浸る間もなく身を起こして言った。

やはり本来の場所でない部分に入れたのだから、速《すみ》やかに洗い流した方が良いのだろう。

藤丸も起き上がり、彼女を支えながら一緒に裏の井戸端へ行った。

水を汲んで互いの全身を流すと、登勢は甲斐甲斐《かいがい》しく一物を洗ってくれた。

「ゆばりを出して下さいませ。中も洗い流さないと」

さすがに登勢も多くの春本を扱って読んでいるので、陰間《かげま》が交接したあとの処理の仕方も分かっているようだった。

藤丸は、しなやかな指で一物を洗ってもらい、またムクムクと回復しそうになるのを堪えながら懸命に尿意を高め、ようやくチョロチョロと放尿することが出来た。

し終わると、また登勢が洗い流し、最後に屈み込んで消毒するように、チロリと鈴口を舐めてくれた。

「あう……」

藤丸は呻き、とうとうピンピンに勃起してきてしまった。

「まあ、まだ足りないのですね……」

それを見た登勢は言いながら、自分もまた本来の場所で仕上げをしたい素振《そぶ》りを見せていた。

「ね、お登勢さんもゆばりを出してみて」

藤丸は言い、簀《す》の子に座って彼女を目の前に立たせた。

そして片方の足を浮かせて井戸のふちに乗せ、開いた股に顔を埋め込んだ。

もう濃厚だった匂いは薄れてしまったが、舐めると新たな淫水が溢れ、淡い酸味のヌメリが舌の動きを滑らかにさせた。

「ああ……、そんな、お旗本の顔にゆばりなど……」

登勢は息を弾ませながら言い、それでも舐めたり吸われたりしているうち尿意が高まってきたようだった。

舐めているうち、柔肉が迫《せ》り出すように盛り上がり、味わいと温もりが変わってきた。

「あう……、出ちゃう……、離れて……」

登勢が息を詰めて言ったが、とうとうチョロチョロと熱い流れがほとばしってきた。

水を浴びて冷えた肌に、温かなゆばりが心地よく、彼は舌に受け止めて味わった。匂いと味がやや濃かったが、何しろ美女が出したものだからうっとりと喉を潤した。

たちまち勢いが増し、口から溢れた分が肌を伝い流れて、すっかり元の硬さと大きさを取り戻した一物が温かく浸された。

それでも一瞬勢いが強まったがすぐに衰《おとろ》え、やがて放尿が治まってしまった。

藤丸は余りの雫をすすり、残り香を感じながら割れ目内部に舌を這わせると、すぐに新たな淫水が溢れ、淡い酸味のヌメリが満ちていった。

「も、もう堪忍……」

登勢は声を震わせて言い、足を下ろしてクタクタと座り込んでしまった。

それを抱き留めて、もう一度股間を洗ってやり、支えながら立たせて互いの身体を拭いた。

全裸のまま布団に戻ると、彼女ももう一回しなければ治まらないほど淫気を強めて息を弾《はず》ませていた。

彼が仰向けになると、登勢はすぐにも屈み込んで一物にしゃぶり付いてきた。

スッポリと根元まで呑み込んで吸い、熱い息を股間に籠もらせながら執拗に舌をからめて温かな唾液にまみれさせた。

「ああ、気持ちいい……」

藤丸もすっかり高まって喘ぎ、やがて彼女の手を握って引っ張った。

登勢は口を離して前進し、導かれるまま彼の股間に跨がり、唾液に濡れた先端に陰戸を押し付け、息を詰めてゆっくりと腰を沈み込ませてきた。

ヌルヌルッと滑らかに根元まで受け入れると、

「アアッ……、いい……！」

彼女が顔を仰け反らせて喘ぎ、キュッときつく締め付けてきた。やはり肛門も新鮮で良かっただろうが、本来の場所が最高のようだ。

藤丸も、膣内の摩擦と温もりに包まれ、快感を嚙み締めながら両手を伸ばして彼女を抱き寄せた。

登勢は身を重ね、彼も僅《わず》かに両膝を立てて豊満な尻を支えながら、胸に密着する乳房と、膣内のヌメリと締め付けを味わった。

「いい気持ち……、すぐいきそう……」

彼女が顔を寄せて熱く喘ぎ、待ちきれずに腰を遣い、股間を擦り付けるように動かしてきた。

藤丸も快感に任せてズンズンと股間を突き上げて肉襞を味わうと、大量に溢れた淫水が互いの動きを滑らかにさせ、ピチャクチャと淫らに湿った摩擦音を響かせた。

「唾を垂らして」

「そ、そんな……」

言うと、やはり大旗本という意識があるのか登勢がためらって声を震わせたが、やがて懸命に唾液を分泌させ、白っぽく小泡の多い粘液をトロトロと吐き出してくれた。それを舌に受け、藤丸はうっとりと味わって喉を潤しながら絶頂を迫らせていった。

「顔中もヌルヌルにして」

さらにせがむと、登勢も激しく腰を動かしながら舌を這わせ、彼の顔中を生温かな唾液でまみれさせてくれた。

藤丸は、美女の唾液と吐息の匂いに鼻腔を刺激され、とうとう昇り詰めてしまった。

「い、いく……！」

彼は絶頂の快感に貫かれて口走り、ありったけの熱い精汁をドクンドクンと勢いよく注入すると、

「い、いい……、アアーッ……！」

登勢も噴出を感じた途端に声を上ずらせ、ガクガクと狂おしく痙攣しながら激しく気を遣った。藤丸は、収縮する膣内で心ゆくまで快感を味わい、最後の一滴

まで出し尽くしていった。

すっかり満足して突き上げを弱めていくと、

「ああ……、良かったわ、すごく……」

登勢も熟れ肌の強ばりを解いて言い、グッタリともたれかかってきた。

藤丸は重みと温もりを受け止め、収縮する膣内でヒクヒクと過敏に幹を震わせた。そして甘い花粉臭の刺激を含んだ吐息を嗅ぎながら、うっとりと快感の余韻を味わったのだった。

第六章　素破《すっぱ》の戦いに女体三昧《にょたいざんまい》

一

「もう起きて大丈夫なのですか」

「はい、少し身体を慣らして歩いて参ります」

昼過ぎ、志乃に答えた弥助は、久々に外へ出てみた。

実際、傷《きず》は浅く裂《さ》かれただけで大事なかったのだが、何しろ美しい母娘《おやこ》が献身《けんしん》的に看護してくれるので、甘えて臥《ふ》せっていただけなのだ。

むしろ手応えからして、飛礫《つぶて》を目に受けた暗鬼の方が深手ではなかっただろうか。それで、あのときはすんなり引き上げていったに違いない。

伊三郎は城。小普請奉行《こぶしんぶぎょう》の職にも徐々に慣れ、もとより優秀な男だから次第に重用《ちょうよう》されることだろう。

弥助は、藤丸の家まで行ってみた。

もし中で誰かと情交しているようだったら、そのまま引き上げてくるつもりだったが、藤丸は真面目《まじめ》に絵を描いていた。

「おお、来たか。どうだ、具合《ぐあい》は」

訪《おとな》うと、藤丸が笑顔で迎えてくれた。

「はい、おかげさまで、もう完全に癒《い》えました」

「そうか。それは良かった。まあ上がれ」

藤丸に言われ、答えると彼は招き入れ、鉄瓶《てつびん》から茶を入れてくれた。

「あの浪人に狙《ねら》われるというのは、どういう経緯《いきさつ》なのだ」

訊《き》かれて、弥助は伊三郎を逆恨《さかうら》みしている田所祐馬との関わりから、その子分となった暗鬼の話をした。

「ふうん、あれほどの手練《てだ》れでも、馬鹿息子の家来《けらい》とならねば食えぬか」

「ええ、泰平《たいへい》の世だけに、ああした男が溢《あふ》れているのでしょう」

「また来るかな」

「はい、私が起きて歩けるようになったことは、どこかで見ているでしょうから必ず近々」

弥助も、油断なく来たつもりだが、暗鬼はどこからか見張っているだろうと思って答えた。

ただ暗鬼さえ倒せば、さすがに祐馬も志乃への邪恋を諦《あきら》め、どこかへ婿《むこ》養子に入って落ち着くことだろう。

「で、お前の得物《えもの》は石飛礫だけか」

「はあ、剣も使えないではないのですが、大ごとになってしまいますので」

「手裏剣《しゅりけん》とかは」

「出来ますが持ちません」

「まあ、とにかく気をつけることだな。避けるだけでは埒《らち》があかぬだろうから」

「はい、その通りだと思います」

弥助が答えたそのとき、障子《しょうじ》の開いている縁側から何かが飛来してきた。

弥助は咄嗟《とっさ》に手拭《てぬぐ》いを抜いて、それを叩《たた》き落とした。

「何だ!」

藤丸が驚いて腰を浮かせたが、いち早く弥助は外を見た。すでに誰の姿も見えない。

「暗鬼でしょう。やはり私を尾《つ》けていたようです」

弥助は答え、落ちた紙包みを開き、中に入っていた石を庭に放った。

「投げ文か」

「はい、今宵《こよい》暮れ六つ、十二社《じゅうにそう》とあります」

「果たし状だな。行くのか」

「ええ、行かねば終わりませんので」

「おれに出来ることはあるか」

「見ていて下さい。私が負けたら後の始末をお願いします。藤丸様にまで手は出さないでしょうから」

「大した度胸だな、若いのに……」

藤丸は感心して言って絵の作業に戻り、弥助は夕刻まで休ませてもらった。

「では、景気づけに鰻《うなぎ》でも食っていくか」

やがて七つ（午後四時頃）を過ぎると、藤丸が絵筆を置いて言い、弥助と二人で家を出た。

鰻屋へ行くと、破落戸《ごろつき》たち三人が酒を飲んでいた。前に、肩を外されたり川へ投げ込まれたりした連中である。

藤丸と弥助がジロリと睨《にら》むと、

「す、すんません……」

三人は身をすくめて言い、そそくさと出て行ってしまった。

その席に座り、藤丸と弥助は鰻をつまみに軽く一杯飲んだ。

「恐くはないのか」

「いえ、存分に戦えるのが嬉《うれ》しくて」

「ふうん、すごいものだな。泰平の世でも、そうした本能が疼《うず》くのだろう」

藤丸は嘆息《たんそく》して言い、やがて切りの良いところで、七つ半（午後五時頃）過ぎに店を出て十二社に向かった。

十二社は広大な草原に池や滝があり、特に今は紅葉の季節で行楽客《こうらく》の多いところだが、日が暮れかかり、あたりはすっかり静まりかえっていた。

すでに閉まった茶店の脇を通り抜け、さらに草深い方へ行くと、彼方《かなた》から黒い影が近づいてきた。

「いますね。少し離れていて下さい」

弥助が言って藤丸を下がらせると、正面に黒ずくめの暗鬼が現われた。

周囲に人はいないので、浪人姿ではなく素破本来の忍び装束《しょうぞく》で、刀を斜めに背負っていた。

「祐馬さん、出て来て下さい。どうせ誰も見ていないのだから」

弥助が言うと、物陰から田所祐馬も恐る恐る姿を現わした。

見ると、暗鬼は右目に眼帯《がんたい》をしていた。やはり弥助の飛礫は相当な深手だったらしい。

「決着を付けよう。雇い主ではなく、己のために」

暗鬼が言い、左肩に背負った柄《つか》に右手をかけた。

弥助も、手拭いを出した。すでに両端にそれぞれ石が縫《ぬ》い付けてある。

「またそんな得物か」

暗鬼が抜刀して言う。もっとも、そんな得物に目をやられたのだ。

弥助は両側に石を仕込んだ手拭いを振り、くるりと首の周りを回転させた。

左右に重りがあるので、手拭いは遠心力で棒のようになり、弥助は巧《たく》みに回転させながら間合いを詰めていった。

すると暗鬼が音も無く跳躍《ちょうやく》し、突きかかってきた。

隻眼《せきがん》なので普段とは間合いの取り方が違うだろうが、あるいは素破のことだから眼帯は見せかけかもしれない。

弥助は避けながら分銅《ふんどう》のように手拭いの石を振るい、常人には目にも止まらぬ速さの攻防が続いた。

さすがに暗鬼の動きは素早く、弥助は後退しながら石に躓《つまず》いて倒れた。

その瞬間、暗鬼が激しく斬りかかってきたが、弥助は懐中にあるものを素早く投げつけた。

「う……！」

暗鬼が呻《うめ》き、咄嗟に左目に刺さったものを振り払った。それは、鰻の蒲焼きの竹串であった。

見えないまま暗鬼が勢いに任せて斬りかかったが、すでに弥助は横に転がって避けていた。

「うぐ……！」

キンと金属音がして、暗鬼が呻いた。見ると、彼は弥助のいた場所にあった岩に斬りかかり、折れて跳ね返った切っ先を喉に受けていたのである。

その岩の位置まで弥助が計算していたのか、あるいは本能でそうしたのかは分からない。

弥助が身を起こすと同時に、暗鬼がどさりと地に倒れた。

「大丈夫か……」

弥助は駆けつけたが、油断なく暗鬼の得物は遠くへ蹴っていた。

「ふ……、楽しかったぜ……」

暗鬼は自分の得物に喉を貫かれながらも、か細い声で言って顔を歪《ゆが》め、すぐにも事切れてしまった。

その目を閉じてやり、身を起こして振り返ると、祐馬が腰を抜かして後ずさっているところだった。

「祐馬さん、この上何かするならば、殿を通じて上へと報告しなければなりません。今度は寄せ場送りではなく切腹になりましょう」

「わ、分かった。志乃は諦める。元より、暗鬼がいたから執着《しゅうちゃく》がぶり返しただけだ……」

弥助が迫って言うと、祐馬も声を震わせて答えた。

すっかり腑《ふ》抜《ぬ》け状態で、これなら大丈夫だろうと、弥助は藤丸の方へと戻り、手拭いを破って仕込んだ石を二つ捨てた。

「け、怪我《けが》はないか」

藤丸も駆け寄って声をかけた。

「はい、大丈夫です」

「それにしても、見事だったぞ」

藤丸も緊張を解いて言い、一緒に歩きはじめた。

「とうとう、初めて人を殺《あや》めてしまいました」

「なあに、あれは奴の得物が折れて自分に返ってきたのだから、お前の仕業《しわざ》ではない」

藤丸は慰《なぐさ》めるように言った。

やがて藤丸は自分の家へ帰り、弥助は屋敷へと戻っていったのだった。

二

「そうか、祐馬の子分の素破が死んだか」

「はい、これにて祐馬様の執着も消え去ったことでしょう」

夜半、弥助は伊三郎に報告した。

「ご苦労だった。叔父上の言う通り、お前は気にすることはない」

伊三郎が言い、弥助も辞儀をして自分の部屋へと戻った。

すると、しばらくして寝巻姿の美津が入ってきたのである。

「今日はどこへ行っていたのです」

「藤丸様に鰻を奢《おご》って頂きました」

「まあ、そうでしたか。あの人も元気にしているならば何より」

美津は言い、弥助は彼女の熱い淫気を感じた。そして自分も、激しく興奮を高めてしまった。

やはり、生まれて初めて存分に戦い、しかも相手を殺めてしまったことに、言いようのない昂《たか》ぶりを覚えていたのだろう。

「あの、よろしいですか」

弥助が言って帯を解きはじめると、美津も脱ぎはじめてくれた。

寝巻を脱ぎ去ると、内に籠《こ》もっていた女の匂いが室内に生ぬるく立ち籠めた。

彼は美津を布団《ふとん》に横たえ、熟《う》れ肌を見下ろし、そっと添い寝していった。

「ああ……」

すぐにも美津は淫気に喘ぎはじめ、熟れ肌を波打たせはじめた。

弥助は豊かな乳房に顔を埋め込み、チュッと乳首に吸い付き舌で転がした。

乳首はコリコリと硬く突き立ち、彼は執拗《しつよう》に舐め回し、顔中を押し付けて豊かな膨《ふく》らみを味わった。

もう片方にも移動して含み、吸い付きながら舌を這《は》わせると、

「アア……、いい気持ち……」

美津がクネクネと熟れ肌を悶《もだ》えさせて喘ぎ、彼は腋《わき》の下にも鼻を埋《うず》め、腋毛に籠もった生ぬるく甘ったるい汗の匂いを貪《むさぼ》った。

思えば、暗鬼に負けていたらこんな快楽は味わえなかったのだ。

弥助は滑《なめ》らかな肌を舐《な》め降り、腹から腰、太腿《もも》から脚を舌でたどった。

そして足裏を舐め、指の股《また》に鼻を割り込ませて蒸《む》れた匂いを味わった。

やはり、ここは必ず愛撫《あいぶ》しなければいけない場所と思っていた。

充分に嗅《か》ぐと爪先《つまさき》にしゃぶり付き、汗と脂《あぶら》に湿った指の股を順々に味わい、ようやく大股開きにさせて、脚の内側を舐め上げていった。

白くムッチリした内腿をたどって陰戸に迫ると、熱気と湿り気が顔中を包み込んできた。

やはり彼女も、部屋に来た以上その気になり、すでに濡れていたようだ。

黒々と艶《つや》のある茂みに鼻を擦りつけて嗅ぐと、やはり今日も汗とゆばりの匂いが濃厚に沁み付き、悩ましく鼻腔《びこう》を刺激してきた。

胸を満たしながら舌を這わせ、膣口の襞《ひだ》を掻《か》き回すと、淡い酸味のヌメリが舌の動きを滑らかにさせた。

そして膣口からオサネまで舐め上げていくと、

「アアッ……、もっと……！」

美津が身を反《そ》らせて喘ぎ、量感ある内腿でキュッときつく彼の両頬《ほお》を挟み付けてきた。

弥助は執拗にオサネを舐め回しては溢れる蜜汁をすすり、さらに両脚を浮かせ豊満な尻の谷間に鼻を埋め込んだ。

桃色の蕾《つぼみ》に籠もる生々しい匂いを貪ってから舌を這わせ、ヌルッと潜《もぐ》り込ませて滑らかな粘膜《ねんまく》を探った。

「あう……、そこより、前を……」

美津が大胆《だいたん》にせがみ、彼も脚を下ろして再び陰戸に吸い付いていった。

大量の淫水を味わい、オサネを舐め回し、上の歯で包皮を剝《む》き完全に露出した突起《とっき》に吸い付いた。

「く……、もう駄目、いきそう……」

すぐにも美津が高まって言い、身を起こしてきた。

弥助も股間から顔を離して仰向《あおむ》けになると、彼女が先端にしゃぶり付き、スッポリと根元まで呑み込んでいった。

「ああ、気持ちいい……」

弥助も艶《なま》めかしい快感に喘ぎ、唾液《だえき》にまみれた肉棒を彼女の口の中でヒクヒクと震わせた。

美津も熱い息を股間に籠もらせ、念入りに舌をからめていたが、充分に唾液にまみれるとスポンと引き抜いた。

「い、入れたいわ……」

「どうか、上から……」

彼が答えると、美津も身を乗り出し、彼の上を前進してきた。

そして股間に跨《また》がり、先端に膣口を押し当てると、感触を味わうように息を詰め、ゆっくりと座り込んできた。

ヌルヌルッと滑らかに一物が根元まで呑《の》み込まれ、互いの股間が密着した。

「アアッ……、いいわ……」

美津が身を仰《の》け反《ぞ》らせて喘ぎ、キュッキュッと締め付けてきた。

弥助も快感を味わいながら両手を伸ばして抱き寄せると、彼女も素直に熟れ肌を重ねてきた。

彼は両手を回して両膝《ひざ》を立て、全身で美女の重みと温もりを味わった。

美津も待ちきれないように股間を擦り付け、腰を遣いはじめた。

弥助もズンズンと股間を突き上げ、熱く濡れた肉襞の摩擦と締め付けを味わい急激に高まってきた。

下から唇《くちびる》を求めると、彼女もピッタリと重ね合わせ、舌を挿《さ》し入れてチロチロとからみつけてくれた。

弥助は美女の生温かな唾液をすすり、舌の感触を味わい、さらに美津の喘ぐ口に鼻を押し込んで濃厚な吐息を嗅いだ。

今日も美津の口からは甘い白粉臭の刺激が洩れ、悩ましく鼻腔を湿らせた。

彼の母親ほども年齢差のある美津の匂いは、何やら興奮と安らぎの両方を与えてくれた。

甘い吐息を嗅ぎながら股間の突き上げを激しくさせていくと、

「い、いっちゃう……、ああーッ……！」

いきなり美津が声を上ずら《うわ》せ、ガクガクと狂おしい痙攣《けいれん》を開始して気を遣《や》ってしまった。その収縮に巻き込まれ、続いて弥助も昇り詰め、大きな絶頂の快感に全身を貫《つらぬ》かれた。

「く……！」

呻《うめ》きながら、熱い精汁を勢いよく注入すると、

「あう、いい気持ち、もっと……！」

噴出を感じた美津が駄目押しの快感に呻き、膣内を激しく締め付けてきた。

まるで、歯のない口に含まれ、舌鼓《したつづみ》でも打たれているような快感だ。

弥助は心ゆくまで快感を嚙《か》み締め、最後の一滴まで出し尽くしていった。

「ああ……」

満足して声を洩《も》らし、彼が突き上げを弱めていくと、美津も熟れ肌の硬直を解いてグッタリと覆いかぶさってきた。

彼は重みを受け止め、まだ名残惜《なごりお》しげな収縮を繰り返す膣内でヒクヒクと幹を過敏に震わせた。

「ああ、まだ動いている……」

美津も敏感に反応して言い、答えるように締め付けを強めてきた。

弥助は湿り気ある甘い吐息を胸いっぱいに嗅ぎながら、うっとりと快感の余韻《よいん》を嚙み締めたのだった。

（生きていて良かった……）

戦いの前は度胸が付いていたが、今は弥助も生と快楽の悦《よろこ》びを得て、心から

そう思ったのだった……。

三

「二千石のお旗本だったんですね……」

訪ねてきた花江が、前とは違った神妙な顔つきで藤丸に言った。

「私、ずいぶん失礼なことしてしまったかも……」

「いいんだよ。もう屋敷とは関係ないんだから」

藤丸は答え、すぐにも淫気を全開にして帯を解きはじめた。

「ね、花江ちゃんも脱いで」

「ええ……」

言うと彼女も答え、モジモジと脱ぎはじめてくれた。もう何度も情交しているというのに、藤丸の素性を知ったものだから、畏《おそ》れ多そうな反応も実に新鮮で、彼もまたいつになく激しく勃起した。

先に全裸になって布団《ふとん》に仰向けになり、脱いでゆく美少女を眺めると、彼女もたちまち一糸《いっし》まとわぬ姿になってくれた。

「ここを跨いで座ってね」

藤丸は仰向けのまま、自分の下腹を指して言った。

「跨ぐんですか、お旗本を……」

「もうそのことは忘れて、さあ遠慮なく」

尻込みする花江の手を引き、藤丸は新たな興奮を得た。彼女の態度が違うと、まるで別の娘を相手にしているような新鮮な感覚になった。

ようやく花江も彼の腹に跨がり、そろそろと座り込んでくれた。可憐《かれん》な陰戸が下腹にピッタリ密着し、畏れ多い態度とは裏腹に、すでに濡れはじめた様子が伝わってきた。

「じゃ、脚を伸ばして、足の裏を顔に乗せてね」

藤丸は言い、立てた両膝に彼女を寄りかからせ、足首を摑《つか》んで引っ張った。

「あん……」

花江が声を洩らし、とうとう両足の裏を彼の顔に乗せてしまった。

藤丸は彼女の全体重を受け止め、足裏の温もりに陶然《とうぜん》となり、勃起した一物でトントンと彼女の腰を叩いた。

花江は座りにくそうに腰をよじり、そのたびに濡れてゆく割れ目が彼の肌に擦り付けられた。

藤丸は縮こまった両足の指に鼻を割り込ませ、汗と脂に湿ってムレムレに籠もった匂いを貪《むさぼ》った。そして爪先にしゃぶり付き、桜色の爪を舐め、両足とも全ての指の股を味わい尽くしてしまった。

「アア……、くすぐったいわ……」

花江が身悶えて喘ぎ、密着する陰戸のヌメリが増してきた。

「じゃ、前に来て顔にしゃがんでね」

藤丸が手を引きながら言うと、

「ああ……、いいのかしら……」

花江も腰を浮かせて前進し、声を震わせながらも完全に彼の顔に跨がり、厠《かわや》に入ったようにしゃがみ込んでしまった。

脚がムッチリと張り詰め、ぷっくりと丸みを帯びた割れ目が彼の鼻先に迫り、肌の温もりと陰戸の湿り気が顔に吹き付けてきた。

指で陰唇を広げると、すでに桃色の柔肉《やわにく》はヌメヌメと大量の蜜汁にまみれ、快楽を覚えはじめた膣口がキュッキュッと収縮していた。

藤丸は艶めかしい眺めを充分に見てから、腰を抱き寄せ、楚々《そそ》とした若草に鼻を埋め込んでいった。

恥毛の隅々には、やはり蒸れて甘ったるい汗の匂いと、ほのかなゆばりの匂いが混じって籠もり、悩ましく鼻腔を刺激してきた。

「とってもいい匂い」

「あん、恥ずかしい……」

嗅ぎながら真下から言うと、花江が声を震わせ、座り込みそうになるたび彼の顔の左右で懸命に両足を踏ん張った。

藤丸は胸いっぱいに可憐な匂いを嗅いでから、舌を挿し入れて淡い酸味のヌメリを探り、膣口の襞をクチュクチュ舐め回した。

そして滑らかな柔肉をたどってゆっくりオサネまで舐め上げていくと、

「あう……！」

花江がビクッと反応して熱く呻き、しゃがみ込んでいられなくなって両膝を突いた。

藤丸は白く丸い尻の真下に潜り込み、顔中にひんやりした双丘を受け止めながら、谷間の蕾に鼻を埋め込んで嗅いだ。今日も汗の匂いに混じった秘めやかな微《び》香《こう》が籠もり、悩ましく鼻腔を刺激してきた。

彼は充分に嗅いでから舌を這わせ、ヌルッと潜り込ませて粘膜を探った。

「く……、駄目……」

花江がか細く呻き、キュッと肛門で舌先を締め付けてきた。

藤丸は舌を蠢《うごめ》かせて滑らかな粘膜を味わい、再び陰戸に戻って新たな淫水をすすり、オサネに吸い付いた。

「あう、駄目です。何だかすぐいきそう……」

彼女が声を震わせて言い、早々と迎えた絶頂を惜しむように、思わずビクッと股間を離してしまった。こうしたところは、快楽に貪欲《どんよく》な登勢に良く似ているのだろう。

「じゃ、今度は花江ちゃんがして」

仰向けのまま言うと、彼女が一物に向かおうとするので、

「ここ舐めて」

藤丸は彼女の顔を胸に抱き寄せた。

花江も素直に彼の乳首に吸い付き、熱い息で肌をくすぐりながらチロチロと舐め回してくれた。男でも乳首は感じるものである。

「嚙んで……」

「え……、大丈夫ですか……」

言うと、花江がためらいながらも、愛らしい前歯でそっと彼の乳首を挟んでくれた。

「もっと強く……、ああ、気持ちいいよ」

さらにせがむと、花江がやや力を込めてキュッと噛んでくれたので、藤丸は痛み混じりの甘美《かんび》な悦びにクネクネと身悶えた。

「痛くないですか……」

「うん、もっと強くして」

言うと、花江は左右の乳首を舌と歯で愛撫してくれ、やがて顔を押しやると、脇腹や下腹、内腿にもキュッと歯を食い込ませてくれた。

「ああ……」

藤丸は、まるで可憐な美少女に食べられているような快感に喘いだ。

さらに花江は自分から彼の脚を舌と歯で這い下り、自分がされたように爪先にまでしゃぶり付いてくれたのだった。

「あう、いいよ、そんなことしなくて……」

藤丸は申し訳ないような快感に呻いて言ったが、花江は両足とも、全ての指の股を舐めてくれた。

そして股を開かせ、腹這《はらば》いになって股間に顔を寄せてきた。

「じゃ、もう嚙むのは止《や》めて、ここ舐めてね。私はさっき井戸端でちゃんと洗ったからね」

両脚を浮かせて抱え、花江の顔に尻を突き出して言うと、

「あん、私のは汚れていなかったですか……」

彼女は恥《は》じらうように言いながらも、厭《いと》わず藤丸の肛門にチロチロと舌を這わせてくれた。熱い鼻息が心地よくふぐりをくすぐり、やがてヌルッと舌先が侵入してくると、

「あう……」

藤丸は妖《あや》しい快感に呻き、美少女の舌先を味わうようにモグモグと肛門で締め付けた。

花江も中で舌を蠢かせ、彼が脚を下ろすと、ようやく舌を引き離し、そのままふぐりを舐め回してくれた。二つの睾丸《こうがん》が転がされ、袋全体が清らかな唾液に温かくまみれた。

彼がせがむようにヒクヒクと幹を震わせると、ようやく花江も肉棒の裏側をゆ

っくり舐め上げてきた。

滑らかな舌が裏筋を通って先端まで来ると、花江は粘液の滲《にじ》む鈴口を念入りに舐め回し、張り詰めた亀頭をくわえ、スッポリと喉《のど》の奥まで呑み込んでいった。

「アア……、いい……」

藤丸は快感に喘ぎ、花江の口の中でヒクヒクと幹を上下させた。

彼女も熱い鼻息で恥毛をそよがせ、口で幹を丸く締め付けて吸い付き、口の中ではクチュクチュと舌が蠢いた。

さらに彼がズンズンと股間を突き上げると、

「ンン……」

花江が小さく呻き、合わせて顔を上下させ、スポスポと摩擦してくれた。

「い、入れたい。跨いで入れて……」

すっかり高まった藤丸が言うと、花江もチュパッと軽やかに口を引き離し、身を起こして前進した。

「本当に、私が上でいいんですか……」

「ああ、言葉遣いも前のようにして」

彼が言うと、花江は完全に跨がり、唾液に濡れた先端に割れ目を押し当て、位置を定めてゆっくり腰を沈み込ませてきた。

張り詰めた亀頭が潜り込むと、あとはヌルヌルッと滑らかに根元まで没し、互いの股間が密着した。

「アアッ……！」

花江が顔を仰け反らせて喘ぎ、キュッときつく締め付けた。

藤丸も肉襞の摩擦と温もりに包まれ、両手を伸ばして彼女を抱き寄せた。

両膝を立てて花江の尻を支え、彼は顔を上げて潜り込み、桃色の乳首に吸い付いて舌で転がした。

「ああ……、いい気持ち……」

すっかり挿入にも慣れた花江が喘ぎ、乳首への刺激が連動するように膣内がキュッキュッと締まった。

彼は左右の乳首を順々に含んで舐め回し、顔中で膨《ふく》らみの感触を味わってから腋の下にも潜り込んでいった。生ぬるく湿った和毛《にこげ》に鼻を擦りつけて嗅ぐと、何とも甘ったるく可愛らしい汗の匂いが悩ましく鼻腔を満たしてきた。

そしてズンズンと股間を突き上げはじめると、

「あう……、いいわ……」

花江が呻きながら腰を上下させはじめてくれた。

収縮もヌメリも一人前で、どうやら本当に挿入での快感を覚えはじめたようだった。

藤丸が次第に突き上げを強めていくと、大量に溢れた蜜汁が律動《りつどう》を滑らかにさせ、ピチャクチャと淫《みだ》らな摩擦音が聞こえて互いの股間がビショビショになっていった。

四

「き、気持ちいいわ……、身体が浮かぶみたい……」

花江が声を上ずらせて言い、コリコリする恥骨の感触が伝わるほど激しく股間を擦り付けていた。

藤丸は両手を回しながら彼女の白い首筋を舐め上げ、熱く喘ぐ口に鼻を押し付けた。熱く湿り気ある息は、何とも甘酸っぱい芳香を含み、悩ましく鼻腔に沁み込んできた。

「ね、唾《つば》をペッて吐きかけて」

「そ、そんなこと出来ません……」

言うと、花江は驚いたように言って動きを止めた。

「どうしても、してほしいんだ。さあ」

再三促すと、ようやく花江も口中に唾液を溜めて口を寄せ、軽くペッと吐きかけてくれた。

果実臭の息とともに、生温かな唾液の固まりが鼻筋をピチャッと濡らし、頬の丸みをトロリと伝い流れた。

「ああ、気持ちいい。もっと強く……」

さらにせがむと、花江も朦朧《もうろう》となって腰の動きを再開させながら、さっきより強く吐きかけてきた。

「舐めて……」

さらに顔中をこすりつけて言うと、花江も舌を這わせ、彼の鼻の穴から頬、鼻筋から瞼《まぶた》まで清らかな唾液でヌルヌルにしてくれた。

藤丸はうっとりしながら唇を重ね、舌をからめて唾液をすすりながら、とうとう肉襞の摩擦の中で昇り詰めてしまった。

「い、いく……！」

突き上がる快感に口走り、熱い大量の精汁を勢いよく中にほとばしらせると、

「あ、熱いわ。いい気持ち……、アアーッ……！」

噴出を受け止めた途端、花江が声を上ずらせ、ガクガクと狂おしい痙攣を開始したのだった。

収縮も潤いも一人前で、どうやら本格的に気を遣《や》ってしまったようだ。

藤丸は、自分の手で女にした満足感の中、快感を味わいながら心置きなく最後の一滴まで出し尽くしていった。

そして、大きな満足の中で突き上げを弱めていくと、

「ああ……、いまの何……」

花江が初めての大きな絶頂に戦《おのの》きながら言い、徐々に強《こわ》ばりを解いてグッタリと体重を預けてきた。

膣内はキュッキュッと息づくような収縮が繰り返され、射精直後の一物が刺激されてヒクヒクと内部で過敏に跳ね上がった。

藤丸も力を抜いて彼女の重みと温もりを受け止め、熱く弾《はず》む甘酸っぱい息を嗅ぎながら、うっとりと快感の余韻を味わった。

「とうとう気を遣ったんだね。これからは、もっとどんどん気持ち良くなるよ」

「もっと良くなるなんて、何だか恐いわ……」

花江が言い、重なったまま呼吸を整えた。

そして股間を引き離し、そろそろと身を起こしたので、藤丸も起き上がり、支えながら立ち上がった。

そのまま一緒に勝手口から出て井戸端に行くと、彼は水を汲《く》んで互いの身体を流し、股間を洗った。

もちろん彼も、一回の射精で気が済むはずもなく、すぐにもムクムクと回復の兆《きざ》しを見せはじめた。

「ね、ゆばりを出してね」

藤丸は簀《す》の子に座って言い、目の前に花江を立たせた。片方の足を浮かせて井戸のふちに乗せ、開いた股間に顔を埋めると、もう恥毛の隅々に籠もっていた悩ましい匂いは薄れてしまっていた。

「いいのかしら、こんなことして……」

「うん、いいんだよ。もうこんなに勃ってしまったからね」

言うと、すでに経験しているので、花江も息を詰めて尿意を高めてくれた。

舐めていると中の柔肉が妖しく蠢き、たちまち熱い流れが勢いよくほとばしってきた。

「あう、出ちゃう……」

花江が言い、藤丸も口に受けて味わいながら喉を潤した。味も匂いも淡く控えめで、何とも清らかなのでこぼすのが惜しいほどだった。

それでも勢いが増すと口から溢れ、温かく肌を伝い流れた。

やがて勢いが衰えると、流れも治まってしまい、彼は残り香の中で余りの雫《しずく》をすすった。

「も、もう駄目……」

花江が言って腰を引き、足を下ろして座り込んでしまった。

もう一度割れ目を洗ってやり、身体を拭くとまた全裸のまま二人で布団へと戻っていった。

添い寝したが、もう彼女は一度の挿入で充分だろう。

なまじ大きな絶頂が得られたのだから、その感覚を大事にし、今日はもうやり過ぎない方が良さそうである。

「ね、指でして……」

藤丸は、美少女に甘えるように腕枕してもらい、彼女にピンピンに張り切った強ばりを握ってもらった。

花江もニギニギと動かしてくれ、彼自身は柔らかな手のひらの中でヒクヒク震えながら高まっていった。

「噛んで……」

また彼は花江の口に頰を押し付けて言うと、彼女も愛らしい歯並びでそっと噛んでくれた。

「ああ、気持ちいい……」

その間も指の愛撫は続き、さらに彼は花江の口に鼻を押し込み、濃厚に甘酸っぱい息を嗅ぎながら絶頂を迫らせた。

「お、お口でして……」

忙《せわ》しげに言うと、彼女もすぐに顔を移動させて一物にしゃぶり付き、舌をからめながらすぐにもスポスポと摩擦してくれた。

「こっちを跨いで……」

藤丸も言って彼女の腰を抱き寄せ、女上位の二つ巴《どもえ》になって陰戸に顔を寄せたが、あまり舐めると彼女が集中できなくなるので、艶めかしい柔肉を見上げるだけにした。

花江も調子をつけて摩擦し、熱い鼻息でふぐりをくすぐった。

「い、いく……、アアッ……！」

とうとう藤丸は二度目の絶頂を迎えてしまい、溶けてしまいそうな快感の中、ありったけの精汁を勢いよくほとばしらせた。

「ンン……」

喉の奥を直撃された彼女が呻き、さらにチューッと吸い出してくれた。

「ああ、いい……」

藤丸は、魂まで吸い取られるような快感に喘ぎ、小刻みに股間を突き上げながら最後の一滴まで絞り尽くしてしまった。

彼は満足しながらグッタリと身を投げ出し、息づく陰戸を見上げながら余韻に浸《ひた》り込んだ。

彼が力を抜くと、花江も動きを止め、亀頭を含んだまま口に溜まった精汁をコクンと一息に飲み干してくれた。

「あう……」

藤丸はキュッと締まる口腔に刺激され、駄目押しの快感を得て呻いた。

ようやく花江も口を離し、幹を握って余りをしごくように動かしながら、鈴口に脹《ふく》らむ白濁の雫まで丁寧に舐め取ってくれた。

「も、もういいよ、有難う……」

藤丸が過敏に反応しながらクネクネと腰をよじって言うと、ようやく花江も舌を引っ込め、添い寝して肌を寄せてきたのだった。

五

「田所祐馬だが、どうやら同格の家への婿養子入りが決まったようだ」

夜半、伊三郎が弥助を呼んで言った。

「そうでしたか。では、いよいよ大人《おとな》しくなりますね」

「ああ、本来なら切腹ものの所行《しょぎょう》を重ねてきたが、これで落ち着くことだろう」

「はい、これでどうかもうご心配なく」

弥助は答え、どんな娘に婿入りしたのだろうかと興味が湧いた。どちらにしろ養子となって義父の役職を継ぐのだから今後は無茶も出来ず、きっと借りてきた猫のようになるに違いない。

「しかし、警護は続けさせて下さいませ」

「ああ、だが叔父上の方も面倒を見てやってくれ」

伊三郎は言い、やがて弥助は辞儀《じぎ》をして自分の部屋へと戻った。

そして寝巻に着替えて行燈の灯を消そうとすると、そのとき寝巻姿の志乃がそっと入ってきた。

淫気に満ちた目をし、たちまち弥助も股間を熱くさせてしまった。

やはり伊三郎は役職に疲れているので、もう滅多《めった》に情交しないのだろう。

それにしても、美津とカチ合わないか心配になるほどだったが、母娘は実にうまく交互に弥助を賞味しているようだ。

「色々、力を尽くしてくれているようですね。旦那様から細かには伺《うかが》っていませんが」

「いいえ、とんでもありません」

弥助が答えると、志乃は帯を解きはじめた。

「このところ、体調が変わりました。怠《だる》かったり、急に淫気を催《もよお》したり、しきりに生唾が湧いたりします」

彼女が、脱ぎながら言う。

「それは、まさか……。悪阻《つわり》では？」

「それはまだのようです。やがてはっきりするでしょう」

志乃が、すっかり脂の乗った肌を露《あら》わにして横たわった。

どうやら孕《はら》んだようだが、伊三郎は堤防工事の采配をしながらも、何かと休みには志乃と会って情交していたから、その頃に命中したのだろう。

だから当然ながら弥助の子という可能性は皆無《かいむ》なので、彼も安心し、むしろ心置きなく中で出せることに興奮が増した。

これで無事に子が生まれれば、伊三郎も美津も主膳もすっかり大安心だろう。

やがて彼も全裸になり、志乃の腹を気遣いながら豊かな乳房に顔を埋め込んでいった。

やや濃く色づきはじめた乳首に吸い付いて舌で転がし、顔を押し付けると以前より張りが感じられた。

やはり確実に変化が認められていた。

この腹の中に、新たな命が宿りはじめたとは何と神秘なことだろうか。

しかし興奮が削《そ》がれることはなく、彼はもう片方の乳首も含んで念入りに舐め回した。

「アア……」

志乃が熱く喘ぎ、すっかり濃くなっている体臭を生ぬるく揺らめかせた。

左右の乳首を充分に味わうと、弥助は志乃の腕を差し上げ、色っぽい腋毛に鼻を擦りつけて嗅いだ。生温かく湿った腋は、何とも甘ったるい汗の匂いを籠もらせ、その刺激が甘美に彼の胸を満たした。

滑らかな肌を舐め降り、脇腹から臍《へそ》に移動し、ぴんと張り詰めた下腹から豊満な腰、ムッチリした太腿から脚を舐め降りていった。

そして足裏を舐め回し、形良く揃《そろ》った指の股に鼻を割り込ませて嗅ぐと、蒸れた匂いが悩ましく鼻腔を刺激した。

爪先にしゃぶり付いて全ての指の股を舐め、汗と脂の湿り気を吸収して両足とも味わい尽くした。

その間も志乃はクネクネと身悶え、熱い喘ぎを繰り返していた。

いよいよ大股開きにさせ、脚の内側を舐め上げて股間に迫ると、濃厚な匂いを含む熱気と湿り気が顔中を包み込んできた。

滑らかな内腿をたどって割れ目に迫ると、はみ出した陰唇はネットリとした大量の蜜汁にまみれていた。

柔らかな恥毛に鼻を埋め、擦り付けて隅々を嗅ぐと、甘ったるい汗の匂いとゆばりの刺激が濃く鼻腔を掻き回してきた。

美女の匂いで胸を満たしながら舌を挿し入れると、淡い酸味のヌメリが迎え、彼は膣口の襞をクチュクチュ掻き回し、味わいながら滑らかな柔肉をたどり、ツンと突き立ったオサネまで舐め上げていった。

「アアッ……、いい気持ち……」

志乃が身を弓なりに反らせて喘ぎ、内腿でキュッと彼の両頬をきつく挟み付けてきた。

弥助も腰を抱えて執拗にオサネを舐めては、新たに溢れる淫水をすすり、さらに彼女の両脚を浮かせ、白く豊満な尻の谷間に鼻を埋め込んでいった。

顔中にひんやりした双丘が密着し、桃色の蕾に籠もる生々しい微香が胸に沁み込んできた。

舌を這わせて襞を濡らし、ヌルッと潜り込ませて滑らかな粘膜を探ると、

「あう……！」

志乃が呻き、肛門でキュッと舌先を締め付けてきた。

弥助は中で舌を蠢かせ、脚を下ろして再び陰戸に戻り、大洪水の蜜汁をすすってオサネに吸い付いた。

「こ、今度は私が……」

すっかり高まった志乃が身を起こして言い、彼も股間から離れて仰向けになっていった。

志乃は大股開きになった彼の股間に腹這い、顔を寄せて熱い息を籠もらせてきた。そしてふぐりを舐め回して睾丸を転がし、ヒクつく幹の裏側をゆっくり舐め上げた。

滑らかな舌が先端まで来ると、志乃は小指を立てて幹を支え、粘液の滲む鈴口を念入りに舐め、張り詰めた亀頭をしゃぶり、そのままスッポリと喉の奥まで呑み込んでいった。

「ンン……」

深々と含み、彼女は熱い鼻息で恥毛をくすぐりながら、幹を締め付けて吸い、口の中ではクチュクチュと舌をからめてくれた。

「ああ……、気持ちいい……」

弥助は快感に喘ぎ、快感の中心を清らかな唾液にまみれさせた。

志乃も顔を上下させ、スポスポと濡れた口で強烈な摩擦を繰り返し、彼もすっかり高まっていった。

「も、もう……」

彼が降参するように腰をよじって言うと、志乃もスポンと口を引き離し、身を起こして前進してきた。やはり腹に負担をかけたくないので、茶臼（女上位）でしてくれるのは有難い。

志乃は自分から先端に濡れた陰戸を押し付け、息を詰めてゆっくりと腰を沈み込ませてきた。

亀頭が潜り込むと、あとはヌルヌルッと滑らかに根元まで嵌《は》まり込み、

「アアッ……、感じる……」

志乃が顔を仰け反らせて喘ぎ、完全に座り込んで股間を密着させた。

弥助も股間に重みを感じ、肉襞の摩擦と締め付け、ヌメリと温もりに包まれながら快感を噛み締めた。

志乃は何度か、密着した股間をグリグリと擦り付けてから身を重ね、彼も両手を回して抱き留め、僅かに両膝を立てて尻を支えた。

すると彼女が上からピッタリと唇を重ね、弥助も舌をからめ合わせて滑らかな感触を味わった。

そして志乃が腰を遣いはじめたので、弥助もズンズンと股間を突き上げると、

「あう……、い、いきそう……」

彼女が口を離して呻き、膣内の収縮を活発にさせた。

「唾を出して下さい……」

「いっぱい出ますよ。たまに、飲み込むのが追いつかないぐらいに」

下からせがむと、志乃が答え、形良い唇をすぼめて迫った。すぐにも白っぽく小泡の多い粘液がトロトロと吐き出され、彼は舌に受けて味わい、うっとりと飲み込んで酔いしれた。

いったん出ると、ゆばり以上の量が後から後から滴り、弥助は喉を潤しながら心ゆくまで堪能《たんのう》したのだった。

そして顔を引き寄せ、開いた口に鼻を押し付けて嗅ぐと、いつになく甘酸っぱい匂いが濃厚な刺激を含み、悩ましく鼻腔と胸を満たしてきた。やはり口の匂いも変化しているようだ。

さらに彼女の口に顔を擦りつけると、志乃も甘酸っぱい息を弾ませて唾液を吐き出しながら舌を這わせて塗り付け、顔中を生温かな唾液でヌルヌルにまみれさせてくれた。

彼が高まりに合わせてズンズンと突き上げを激しくさせると、

「い、いく……！」

たちまち志乃が粗相《そそう》したように大量の淫水を漏らして口走り、クチュクチュと淫らな音を立てながら悶え、ガクガクと狂おしく全身を揺すって激しく気を遣ってしまった。

「く……！」

続いて弥助も、美女の唾液と吐息の匂いの渦の中、心地よい肉襞に翻弄《ほんろう》されながら昇り詰めて呻いた。

溶けてしまいそうな大きな快感とともに、熱い大量の精汁をドクンドクンと勢いよく中にほとばしらせると、

「あう、もっと……！」

噴出を感じた志乃が声を上ずらせ、飲み込むようにキュッキュッと締め付けてきた。

弥助は気遣いも忘れたように激しく股間を突き上げ、艶めかしい匂いと感触の中で心置きなく最後の一滴まで出し尽くしていった。

「ああ……」

彼が満足して突き上げを止めると、志乃も精根尽き果てたように声を洩らし、

グッタリともたれかかってきた。

弥助は彼女の重みを受け止め、まだ息づく膣内に刺激されてヒクヒクと過敏に一物を振るわせた。そして濃厚な果実臭の息を胸いっぱいに嗅ぎながら、うっとりと快感の余韻を味わった。

(これで、当家も安泰《あんたい》か……。あとは藤丸様が嫁をもらうだけだな……)

呼吸を整えながら弥助は、自分のことはさておいて永江家の平穏を願ったのだった……。

六

——後日、弥助は暇をもらって永江家を出た。暗鬼との戦いに素破本来の血が騒ぎ、永江家も安泰なので、自身の技を磨くため旅に出たくなったのである。

伊三郎も快諾してくれ、弥助はまず品川宿《しながわ》へと向かった。

すると前に、見覚えのある大柄な男が歩いているではないか。

「ふ、藤丸様……?」

弥助が言うと、彼も振り返った。

「おう、弥助か。お前が旅に出る話を聞き、急に私も江戸を出たくなったのだ。色んな土地の女を味わいたくてね」

「はあ……」

「男二人のむさ苦しい旅だが、よろしく頼むぞ」

藤丸が笑って言い、弥助も頷くと一緒に肩を並べて歩きはじめたのだった……。

一〇〇字書評

切・り・取・り・線

購買動機（新聞、雑誌名を記入するか、あるいは○をつけてください）

□（　　　　　　　　　）の広告を見て	
□（　　　　　　　　　）の書評を見て	
□ 知人のすすめで	□ タイトルに惹かれて
□ カバーが良かったから	□ 内容が面白そうだから
□ 好きな作家だから	□ 好きな分野の本だから

・最近、最も感銘を受けた作品名をお書き下さい

・あなたのお好きな作家名をお書き下さい

・その他、ご要望がありましたらお書き下さい

住所	〒				
氏名		職業		年齢	
Eメール	※携帯には配信できません	新刊情報等のメール配信を 希望する・しない			

この本の感想を、編集部までお寄せいただけたらありがたく存じます。今後の企画の参考にさせていただきます。Eメールでも結構です。

いただいた「一〇〇字書評」は、新聞・雑誌等に紹介させていただくことがあります。その場合はお礼として特製図書カードを差し上げます。

前ページの原稿用紙に書評をお書きの上、切り取り、左記までお送り下さい。宛先の住所は不要です。

なお、ご記入いただいたお名前、ご住所等は、書評紹介の事前了解、謝礼のお届けのためだけに利用し、そのほかの目的のために利用することはありません。

〒一〇一－八七〇一
祥伝社文庫編集長　坂口芳和
電話　〇三（三二六五）二〇八〇

祥伝社ホームページの「ブックレビュー」からも、書き込めます。

http://www.shodensha.co.jp/bookreview/

祥伝社文庫

熟《う》れ小町《こまち》の手《て》ほどき

平成30年10月20日　初版第1刷発行

著　者　睦月影郎《むつきかげろう》

発行者　辻　浩明

発行所　祥伝社《しょうでんしゃ》
東京都千代田区神田神保町 3-3
〒101-8701
電話　03（3265）2081（販売部）
電話　03（3265）2080（編集部）
電話　03（3265）3622（業務部）
http://www.shodensha.co.jp/
印刷所　萩原印刷
製本所　ナショナル製本
カバーフォーマットデザイン　中原達治

 ISBN978-4-396-34463-4 C0193

祥伝社文庫の好評既刊

睦月影郎
ももいろ奥義
山奥育ち・武芸一筋の敏吾《びんご》が、江戸で女人修行!? 勝手がわからぬまま敏吾は初めての陶酔の世界へ。

睦月影郎
ひめごと奥義
男装の美女・辰美《たつみ》を助けた長治《ちょうじ》。それからというもの、まばゆいばかりの女運が降臨し……。

睦月影郎
のぞき見指南
丸窓障子から見えたのは神をも恐れぬ妖しき光景。その行為を盗み見た祐吾《ゆうご》が初めて溺《おぼ》れる目合《まぐわ》いの世界とは!

睦月影郎
よろめき指南
「春本に書いてあったことを、してみてもいいかしら……?」——生娘たちの欲望によろめく七平《しちへい》の行く末は?

睦月影郎
尼《あま》さん開帳
「快楽は決して悪いことではないのですよ」——見習い坊主が覗《のぞ》き見た、寺の奥での秘めごととは!?

睦月影郎
きむすめ開帳
男装の美女に女装で奉仕することを求められる、倒錯的な悦び!? さあ、召し上がれ……清らかな乙女たちを——。

祥伝社文庫の好評既刊

睦月影郎

蜜仕置《みつしおき》

突然迷い込んだ、傷ついた美しき女忍は、死んだ義姉に瓜二《うりふた》つ!? 無垢な男が手当てのお礼に受けたのは――。

睦月影郎

蜜双六《すごろく》

俄《にわか》に殿様になった正助《しょうすけ》。欲求は、果てなし。美女たちの、めくるめく極上の奉仕を味わい尽くす!

睦月影郎

みだれ桜

切腹を待つのみの無垢な美女剣士から死ぬ前に男を知りたいと迫られ、濃密なときを過ごした三吉《さんきち》だったが!?

睦月影郎

とろけ桃

吉井《よしい》祐二郎《ゆうじろう》と、剣術指南役の義姉《あね》貴《き》枝《え》。相性最悪の二人は、義父《ちち》の敵討ちへと発つが、貴枝が高熱で倒れ……。

睦月影郎

美女百景

夕立ち新九郎《しんくろう》・ひめ唄道中

武士の身分を捨て、渡世人に身をやつした新九郎。次々と美女と肌を重ねる旅路は、国定忠治《くにさだちゅうじ》との出会いから!

睦月影郎

身もだえ東海道

夕立ち新九郎・美女百景

小夜《さよ》姫と腰元綾香《あやか》、美女二人の出奔《しゅっぽん》の旅に同行することになった新九郎。古寺に野宿の夜、驚くべき光景が……。

祥伝社文庫の好評既刊

草凪 優
どうしようもない恋の唄
死に場所を求めて迷い込んだ町で、ソープ嬢のヒナに拾われた矢代光敏《やしろみつとし》。やがて見出す奇跡のような愛とは？

草凪 優
色街そだち
単身上京した十七歳の正道《まさみち》が出会った性の目覚めの数々。暮れゆく昭和の東京・浅草を舞台に描く青春純情官能。

草凪 優
ルームシェアの夜
優柔不断な俺、憧れの人妻、年下の恋人、入社以来の親友……。もつれた欲望と嫉妬が一つ屋根の下で交錯する！

草凪 優
俺の女社長
清楚で美しい女社長。ある日、もう一つの〝貌《かお》〟を知ったことから、彼女との切なくも甘美な日々が始まった……。

草凪 優
女が嫌いな女が、男は好き
超ワガママで可愛くて体の相性は抜群。だがトラブル続出の「女の敵」！　そんな彼女に惚れた男の〝一途〟とは⁉

草凪 優
奪う太陽、焦《こ》がす月
意外な素顔と初々《ういうい》しさ。定時制教師・浩之《ひろゆき》が欲情の虜《とりこ》になったのは、二十歳《はたち》の教え子・波留《はる》だった――。

祥伝社文庫の好評既刊

北沢拓也
派遣社員の情事
エリート銀行員・倉橋が受けた特命は「隠れた場所に三つの黒子を持つ女を探せ」――究極のエロス。

北沢拓也
牝《めす》の貌《かお》
エリート総務部長と美人女子大准教授との爛《ただ》れた関係。レズビアン癖の女たちが、「男」に狂う長編情痴小説。

北沢拓也
好色淑女《こうしょくしゅくじょ》
「極上の女を手配して欲しい」との依頼。阿佐美慎吾《あさみしんご》はさまざまな淑女を漁色し、官能の扉を開き始める。

神崎京介
女のぐあい
男女の軀《からだ》の相性。自分の軀に疑心を拭いきれない加奈子。そんな彼女に愛おしさを覚える光太郎……。

神崎京介
性《しょう》こりもなく
仕事も女も惰性ばかりの平凡な毎日。そこに恋人の裏切りが発覚……。心と躰、欲望と野心が交錯する情愛小説。

神崎京介
男でいられる残り
〝理想の女〟は、若く、気高いひと。見下され、虐《しいた》げられることの悦び。男が辿《たど》り着いた自らの〈覚悟〉とは？